Nicola Tesla

Meine Erfindungen

Autobiographie

Neuübersetzung aus dem Amerikanischen von Harald Schulz

ISBN 978-3-943210-31-6

Satz,Layout und	Buchverlag König, Greiz/Thüringen
Bildbearbeitung:	Satz- und Layoutstudio, G. E. König
Umschlaggestaltung:	Annett Röglin, GEK
Titelbild:	Nicola Tesla im Jahre 1890 (Foto: N. Sarony)
Druck & Verarbeitung:	TOTEM digital print, Inowroclaw, Polen

Nicola Tesla

Meine Erfindungen

Autobiographie

Neuübersetzung
aus dem Amerikanischen
von Harald Schulz

KÖNIG

Nikola Tesla (1856-1943) im Jahre 1890 im Alter von 34 Jahren (Foto: N. Sarony, wikipedia, gemeinfreies Bild).

Inhaltsverzeichnis

KAPITEL 1
Kindheit und Jugend

Die permanente Entwicklung der Menschheit ist entscheidend abhängig von der technologischen Entwicklung. Sie ist das wichtigste Produkt des schöpferischen Geistes des Erfinders. Ihr letztendlicher Zweck ist die totale Herrschaft des Geistes über die materielle Welt, die Nutzung der Naturkräfte für die menschlichen Bedürfnisse. Dies ist die schwierige Aufgabe des Erfinders, der oft missverstanden wird und unbelohnt bleibt. Aber er findet ausreichenden Ausgleich in der ihm wohltuenden Anwendung seiner Fähigkeiten und in dem Wissen, ein Mitglied dieser privilegierten Klasse zu sein, ohne welche die Menschheit schon lange in ihrem bitteren Kampf gegen die erbarmungslosen Elemente untergegangen wäre.

Was mich betrifft, so hatte ich bereits in übervollem Maße dieses außerordentliche Vergnügen, und zwar dermaßen, dass mein Leben fast einem nicht endenden Rauschzustand glich. Man hat mir bestätigt, dass ich einer der am härtsten arbeitenden Menschen sei, und vielleicht bin ich das auch. Wenn Gedankenarbeit nämlich das Äquivalent für körperliche Arbeit ist, habe ich doch die meiste Zeit meines bewussten Lebens mit dem Denken verbracht. Wenn Arbeit jedoch gemäß einer eisernen Regel als eine bestimmte Leistung in einer gegebenen Zeit gilt, dann bin ich vielleicht einer der größten Müßiggänger. Jede Bemühung unter Zwang erfordert ein Opfer an Lebensenergie. Solch einen Preis habe ich nie gezahlt. Ganz im Gegenteil, mein Denken hat mir immer Freude bereitet. - Während ich versuche, einen zusammenhängenden und getreuen Bericht meiner Aktivitäten in dieser Reihe von Artikeln zu geben, die mit Unterstützung der Herausgeber des „Electrical Experimenter“ im Wesentlichen an junge männliche Leser gerichtet ist, muss ich, wenn auch zurückhaltend, auf die Eindrücke meiner Jugend und die Umstände und Begebenheiten hinweisen, die wegweisend für die Wahl meiner beruflichen Laufbahn waren.

Unsere ersten Bemühungen sind rein instinktiv, Ergebnisse lebendiger und unkoordinierter Einbildung. Wenn wir älter werden, hält die Vernunft Einzug und wir werden immer systematischer und bewusst planender. Aber die frühen Impulse sind von großer Bedeutung, auch wenn sie nicht immer produktiv sind, und sie können unseren Werdegang entscheidend beeinflussen. Nun, ich meine heute, dass ich meiner Hinterlassenschaft an die Welt beträchtliche Werte hätte hinzufügen können, wenn ich diese Impulse verstanden und kultiviert hätte, statt sie zu unterdrücken. Doch erst als ich zum Mann herangereift war, erkannte ich, dass ich ein Erfinder war.

Und das hatte eine Reihe von Gründen. Einer davon war ein Bruder von mir, der sich durch eine aussergewöhnliche Begabung auszeichnete - eines der seltenen mentalen Phänomene, für welche die biologische Wissenschaft bisher keine Erklärung liefern konnte. Meine Eltern waren durch seinen frühen Tod untröstlich. Wir besaßen ein Pferd, das uns ein guter Freund geschenkt hatte. Es war ein wundervolles Tier arabischer Rasse von fast menschlicher Intelligenz. Es wurde von der ganzen Familie gepflegt und geliebt, hatte es doch einmal meinem Vater unter besonderen Umständen das Leben gerettet. In einer Winternacht wurde mein Vater zu einer dringenden Aufgabe gerufen. Während er die Berge überquerte, die von Wölfen heimgesucht waren, bekam das Pferd Angst und rannte eilends davon, wobei es meinen Vater ungestüm abwarf. Es kam blutend und ausgepowert zu Hause an, aber nachdem der Alarm ausgelöst war, lief es sofort wieder davon zu dem bewussten Ort und bevor die Suchmannschaft sich auf den Weg gemacht hatte, wurde es von meinem Vater begrüßt. Er hatte sein Bewusstsein wiedererlangt, ohne zu zu wissen, dass er mehrere Stunden im Schnee gelegen hatte. Dieses Pferd war verantwortlich für die Verletzungen meines Bruders, die zu seinem Tod führten. Ich war Zeuge dieses tragischen Vorfalls und obwohl sechsundfünfzig Jahre seither vergangen sind, haben meine Erinnerungen daran nichts von ihrer Intensität verloren.

Alles, was ich Bedeutendes tat, ließ meine Eltern ihren Verlust umso stärker empfinden. Ich wuchs daher mit wenig Selbstvertrauen auf. Aber ich wurde bei weitem nicht als dummer Junge betrachtet, wie ich aus einem Ereignis schließen muss, an das ich immer noch eine starke Erinnerung habe. Eines Tages kamen die „Aldermen“ (Ratsherren) durch die Straße, in der ich mit anderen Jungen spielte. Der älteste dieser noblen Gesellschaft, ein reicher Bürger, blieb stehen, um jedem von uns eine Silbermünze zu überreichen. Als er zu mir kam, hielt er plötzlich inne und befahl: „*Schau mir in die Augen.*“ Ich hielt seinem starren Blick stand und streckte meine Hand aus, um die Silbermünze in Empfang zu nehmen, als er zu meiner Enttäuschung sagte: *„Nein, du nicht, du kannst von mir nichts bekommen, du bist zu klug.“* Man erzählte sonderbare Geschichten über mich. Ich hatte zwei alte Tanten mit runzligen Gesichtern. Eine von ihnen hatte zwei hervorspringende Zähne wie die Stoßzähne eines Elefanten, die sich jedes Mal, wenn sie mich küsste, in meine Wangen bohrten. Nichts ängstigte mich mehr als die Aussicht, von diesen liebevollen, jedoch unattraktiven Verwandten liebkost zu werden. Es geschah eines Tages, als meine Mutter mich auf dem Arm trug, dass sie mich fragten, wer denn die Schönere von ihnen beiden sei. Nachdem ich ihre Gesichter aufmerksam betrachtet hatte, antwortete ich nachdenklich, auf eine der Tanten zeigend: *„Diese hier ist nicht so hässlich wie die andere.“*

Ich war seit meiner Geburt für einen klerikalen Beruf ausersehen und dieser Gedanke bedrückte mich ständig. Ich sehnte mich danach, Ingenieur zu werden, aber mein Vater war unbeugsam. Er war der Sohn eines Offiziers, der in der Armee des großen Napoleon gedient hatte, zusammen mit seinem Bruder, der Professor der Mathematik an einer prominenten Institution gewesen war. Er hatte eine mili-

Das Geburtshaus von Tesla und die Kirche in Smiljan, Kroatien (Foto: Julian Nyca, CC-BY-SA 3.0, wikipedia).

tärische Ausbildung genossen, aber sonderbarerweise ergiff er später den Beruf eines Geistlichen und gelangte darin zu hohen Ehren. Er war ein sehr gelehrter Mann, ein echter Naturphilosoph, Dichter und Schriftsteller. Von seinen Predigten sagte man, dass sie ebenso mitreißend waren wie die von Abraham a Santa Clara. Er hatte ein außergewöhnliches Gedächtnis und zitierte häufig ausschweifend aus unterschiedlichen fremdsprachlichen Werken. Er bemerkte oft im Scherz, wenn eines der klassischen Werke verloren ginge, könne er es wieder herstellen. Sein Schreibstil wurde sehr bewundert. Er verfasste kurze und knappe Sentenzen und war geistreich und satirisch. Die humorvollen Bemerkungen, die er machte, waren immer besonders komisch und charakteristisch für ihn. Um das zu demonstrieren, möchte ich hier zwei Beispiele erwähnen. Unter den Bediensteten gab es einen schielenden Mann namens Mane als Helfer für Arbeiten auf dem Bauernhof. Eines Tages hackte er Holz. Als er mit der Axt ausholte, sagte mein Vater, der daneben stand und sich dabei unwohl fühlte, mahnend: *„Um Himmels Willen, Mane, ziele nicht auf das, worauf du schaust, sondern auf das, was du treffen willst."* - Ein andermal kutschierte er einen Freund, der gedankenlos seinen kostbaren Pelzmantel auf dem Rad der Kutsche schleifen ließ. Mein Vater wies ihn darauf hin, indem er sagte: *„Ziehe deinen Mantel zurück, du ruinierst meinen Reifen."* Er hatte die sonderbare Angewohnheit, Selbstgespräche und angeregte Unterhaltungen mit heftigem Austausch von Argumenten zu führen, wobei er seine Tonlage entsprechend veränderte. Ein zufällig anwesender Zeuge hätte schwören können, dass mehrere Leute im Raum waren.

Obwohl ich jedwede Erfindungsgabe, die ich besitze, auf den Einfluss meiner Mutter zurückführen muss, war die Unterweisung, die mein Vater mir gab, in jeder Weise hilfreich. Sie umfasste allerlei mögliche Übungen, wie zum Beispiel, die gegenseitigen Gedanken zu erraten, Fehler in der Ausdrucksweise zu entdecken, die Wiederholung langer Sätze oder die Ausführung von Kopfrechenaufgaben. Diese täglichen Übungen sollten Gedächtnis und logisches Schlussfolgern stärken, insbesondere jedoch die Kritikfähigkeit entwickeln, was zweifelsfrei sehr segensreich war.

Meine Mutter entstammte einer der ältesten Familien des Landes mit einer Reihe von Erfindern. Sowohl ihr Vater als auch ihr Großvater entwickelten zahlreiche Gerätschaften für den Haushalt, die Landwirtschaft und andere Nutzanwendungen. Sie war eine wirklich großartige Frau mit außergewöhnlicher Geschicklichkeit, mit Mut und Seelenstärke, die den Stürmen des Lebens widerstand und viele Herausforderungen meisterte. Als sie 16 Jahre alt war, überzog die Pest das Land. Ihr Vater wurde geholt, den Sterbenden die letzten Sakramente zu erteilen. Während seiner Abwesenheit ging sie allein zu einer benachbarten Familie, die von der furchtbaren Seuche betroffen war. Alle Mitglieder, fünf an der Zahl, wurden in schneller Folge dahingerafft. Sie wusch die Körper, kleidete sie, bahrte sie auf und schmückte sie – dem Brauch des Landes entsprechend - mit Blumen. Als der Vater heimkehrte, fand er alles hergerichtet für eine christliche Bestattung. Meine Mutter war eine ideenreiche Erfinderin und hätte, so glaube ich, große Dinge hervorgebracht, wenn sie nicht so lebensfern gewesen wäre. Sie baute allerlei Gerätschaften und webte die feinsten Muster mit Fäden, die sie selbst gesponnen hatte. Sie setzte sogar selbst die Samen, aus denen sie Pflanzen großzog, um dann aus ihnen die Fäden herauszutrennen. Sie arbeitete unermüdlich vom frühen Morgen bis spät in die Nacht und die meisten Kleidungsstücke und Eirichtungsgegenstände des Hauses entstammten ihren Händen. Selbst als sie bereits das sechzigste Lebensjahr überschritten hatte, waren ihre Finger so feinfühlig, dass sie drei Knoten in eine Augenwimper hätte machen können.

Es gab einen weiteren noch bedeutenderen Grund, aus dem ich ein Spätentwickler war. In meiner Kindheit litt ich an eigenartigen Beschwerden, bei denen mir oft von Lichtblitzen begleitete Bilder erschienen, die meine Sicht auf reale Dinge behinderten und mein Denken und Handeln beeinträchtigten. Es waren Bilder von Dingen und Vorgängen, die ich wirklich gesehen hatte und niemals von solchen, die ich mir nur eingebildet hatte. Wenn man mir ein Wort sagte, erschien das Bild dieser Sache lebendig vor meinen Augen und manchmal war ich nicht in der Lage zu unterscheiden, ob man das, was ich sah, anfassen konnte oder nicht. Dies erzeugte in mir großes Unwohlsein und Angst. Keiner der Studenten der Psychologie oder Physiologie, denen ich davon erzählte, konnte jemals zufriedenstellend diese Phänomene erklären. Sie schienen einzigartig zu sein, obwohl ich wohl erblich vorbelastet war und wusste, dass mein Bruder ähnliche Erfahrungen gemacht hatte. Die Theorie, die ich mir zurecht gelegt hatte,war, dass die Bilder das Ergebnis eines Reflexes des Gehirns auf die Retina bei großer Erregung waren. Es handelte sich sicher nicht um Halluzinationen, wie sie in krankhaften und verängstigten Köpfen produziert werden, da ich ansonsten ganz normal und ausgeglichen war. Um eine Vorstellung meiner misslichen Lage zu geben, nehmen wir einmal an, ich hätte einer Beerdigung oder einer anderen nervenaufreibenden Veranstaltung beigewohnt. Dann würde sich in der Stille der Nacht ein lebhaftes Bild der Szenerie vor meine Augen schieben, trotz all meiner Bemühungen, dieses zu verdrängen. Manchmal würde es sogar fest im Raum verankert bleiben, obwohl ich meine Hand dazwischen schob. Wenn meine Erklärung korrekt ist, sollte es möglich sein, das Bild, das man wahrnimmt, auf eine Leinwand zu projizieren und es sichtbar zu machen. Solch ein Fortschritt würde alle menschlichen Beziehungen revolutionieren. Ich bin davon überzeugt, dass solch ein Wunder in einer fernen Zukunft verwirklicht werden kann. Ich darf hinzufügen, dass ich sehr viele Gedanken in die Lösung dieses Problems gesteckt habe.

Um mich von diesen quälenden Erscheinungen zu befreien, versuchte ich meine Gedanken auf etwas Anderes, das ich gesehen hatte, zu lenken, und damit verschaffte ich mir zeitweise eine Erleichterung. Aber um diese zu erreichen, musste ich ständig neue Bilder hervorzaubern. Schließlich fand ich, dass meine „Spule“ leergelaufen war, wie es schien, denn ich hatte sehr wenig von der Welt gesehen, und zwar nur Dinge bei mir zu Hause und in der unmittelbaren Umgebung. Da ich diese geistigen Übungen zum zweiten oder dritten Mal ausführte, um diese Erscheinungen aus meinem Kopf zu bekommen, verlor die Heilung allmählich all ihre Macht. Daraufhin begann ich, Ausflüge über die Grenzen meiner kleinen mir bekannten Welt zu unternehmen und ich sah neue Szenarien. Diese waren zu Anfang noch sehr verschwommen und ungenau und würden davon schwimmen, wenn ich versuchte, meine Aufmerksamkeit auf sie zu lenken, aber nach und nach gelang es mir, sie festzuhalten. Sie gewannen an Stärke und Bestimmtheit und nahmen schließlich die Konkretheit der wirklichen Dinge an. Ich entdeckte bald, dass es mir am besten ging, wenn ich einfach mit meiner Vision weiter und weiter ausholte, und so begann ich zu reisen, mit ständig neuen Eindrücken, natürlich nur in meiner Phantasie. Jede Nacht, und manchmal auch am Tage, wenn ich allein war, ging ich auf Reisen, sah neue Orte, Städte und Länder, lebte dort, traf Menschen, schloss Freundschaften und machte Bekanntschaften. Obwohl das unglaublich zu sein scheint, ist es eine Tatsache, dass sie mir genauso lieb waren wie die Leute im wirklichen Leben und nicht weniger intensiv in ihrer Manifestation.

Das habe ich ständig wiederholt bis ich 17 Jahre alt war und mein Denken sich ernsthaft den Erfindungen zuwandte. Dabei bemerkte ich, dass ich mit größter Leichtigkeit mit meinem geistigen Auge sehen konnte. Ich brauchte keine Modelle, Zeichnungen oder Versuche. Ich konnte sie als wirkliche Dinge in meiner Vorstellung sehen. So habe ich mit der Zeit unbewusst etwas entwickelt, was ich als neue Methode der Materialisierung von Konzepten und

Ideen betrachte. Es steht im vollkommenen Gegensatz zu der Herangehensweise mit Experimenten und ist in meinen Augen effektiver und mit weniger Aufwand verbunden. Im gleichen Augenblick, in dem man ein Gerät konstruiert und eine vage Idee in die Praxis umsetzt, wird man unvermeidlich mit den Details und Unzulänglichkeiten des Gerätes konfrontiert. Wenn man dann fortfährt zu verbessern und umzukonstruieren, lässt die Aufmerksamkeit des Erfinders nach und er verliert den Überblick über das Ganze und über das zu Grunde liegende Prinzip. Ergebnisse werden erzielt, aber immer auf Kosten der Qualität. Meine Methode ist anders. Ich stürze mich nicht in die wirkliche Arbeit. Wenn ich eine Idee habe, baue ich sofort meine Vorstellungskraft auf. Ich ändere die Bauweise, mache Verbesserungen und betreibe das Gerät in meiner Vorstellung. Es ist für mich absolut belanglos, ob ich eine Turbine in Gedanken oder in meiner Werkstatt betreibe oder teste. Ich bemerke sogar, wenn sie in Unwucht läuft. Es gibt absolut keinen Unterschied, die Ergebnisse sind die gleichen. In dieser Weise bin ich im Stande, eine Konzeption zu entwickeln und zu verbessern, ohne etwas anzufassen. Wenn ich so weit bin, dass ich in meiner Erfindung jedwede Verbesserung bedacht habe und keinen Fehler irgendwo entdecken kann, setze ich dieses Produkt meines Gehirns in die Wirklichkeit um. Ausnahmslos arbeitet mein Gerät so, wie ich es mir ausgedacht habe, und das Experiment läuft dann wie geplant ab. Innerhalb von zwanzig Jahren hat es keine einzige Ausnahme gegeben. Warum sollte es anders sein? Ingenieursarbeit, ob elektrisch oder mechanisch, ist positiv in ihren Ergebnissen. Es gibt kaum einen Gegenstand, der nicht mathematisch behandelt werden kann und dessen Wirkungen nicht im Voraus durch die vorhandenen theoretischen und praktischen Daten ermittelt werden können. Die praktische Umsetzung einer vagen Idee in die Praxis, wie es allgemein gehandhabt wird, ist meiner Meinung nach nichts als eine Vergeudung von Energie, Geld und Zeit.

Meine frühen Beschwerden erzeugten jedoch einen anderen Ausgleich. Die ständige geistige Anstrengung entwickelte meine Beobachtungsgabe und ließ mich eine Wahrheit von großer Bedeutung entdecken. Ich hatte beobachtet, dass dem Erscheinen von Bildern immer eine aktuelle Vision von Szenen vorausging unter besonderen und im allgemeinen sehr außergewöhnlichen Bedingungen, und ich war jedes Mal gezwungen, den Ursprung dieser Impulse herauszufinden. Nach einiger Zeit nahm diese Bemühung fast automatische Züge an und ich erlangte eine große Leichtigkeit, eine Verbindung von Ursache und Wirkung herzustellen. Mir wurde bald zu meiner Überraschung bewusst, dass jeder Gedankengang, den ich entwickelte, durch einen äußeren Eindruck erzeugt wurde. Nicht nur dieses, sondern all meine Handlungen wurden auf ähnliche Weise hervorgerufen. Im Laufe der Zeit wurde mir deutlich, dass ich ganz offensichtlich lediglich ein Apparat war, der sich bewegen konnte und von den Sinnesorganen gesteuert wurde, was ein entsprechendes Denken und Handeln bewirkte. Die praktische Folge war die Technik der Fernsteuerung, die bisher nur in einer unvollkommenen Weise vorhanden war. Die ihr innewohnenden Möglichkeiten werden jedoch allmählich sichtbar. Ich habe seit Jahren ferngesteuerte Geräte geplant, die sich so bewegen, als besäßen sie in einem begrenzten Umfang Vernunft, und die in der kommerziellen und industriellen Welt eine Revolution erzeugen werden.

Ich war ungefähr zwölf Jahre alt, als es mir erstmals gelang, ein Bild durch bewusste Bemühungen zu verdrängen, aber ich hatte nie irgend eine Kontrolle über die Lichtblitze, die ich beschrieben habe. Sie waren vielleicht meine seltsamste Erfahrung und unerklärlich. Sie erschienen normalerweise, wenn ich mich in einer Gefahrensituation befand oder wenn ich in sehr gehobener Stimmung war. Manchmal habe ich die ganze Luft um mich herum in züngelnden Flammen gesehen. Anstatt sich jedoch zu verringern, verstärkte sich deren Intensität mit der Zeit und erreichte einen Höhepunkt, als ich ungefähr 25 Jahre alt war. Als ich 1883 in Paris weilte, erhielt ich von einem prominenten französischen Industriellen eine Einladung zu einer Jagd, die ich auch annahm. Mein Arbeitsplatz war lange Zeit innerhalb einer Fabrik, so dass die frische Luft eine wundervoll belebende Wirkung auf mich hatte. Bei meiner Rückkehr in die Stadt empfand ich eine positive Wirkung auf mein Gehirn, so, als ob es Feuer gefangen hätte. Ich sah ein Licht, als sei eine kleine Sonne darin eingeschlossen, und ich verbrachte die ganze Nacht mit dem Auflegen von kalten Kompressen auf meinen gequälten Kopf. Schließlich verringerten sich die Häufigkeit und Stärke der Blitze, aber es dauerte mehr als drei Wochen, bis sie ganz aufhörten. Als mich eine zweite Einladung erreichte, war meine Antwort ein entschiedenes NEIN !

Diese Lichtphänomene hatte ich immer wieder, wenn zum Beispiel eine neue Idee in meinem Kopf auftauchte, aber sie waren nicht mehr verstörend und von relativ geringer Intensität. Wenn ich meine Augen schließe, sehe ich immer zuerst einen Hintergrund von gleichmäßigem dunklen Blau, ähnlich einem Himmel in einer sternenklaren Nacht. Nach einigen Sekunden wird dieses Feld von einem Funkeln belebt, grüne Flocken, in verschiedenen Schichten angeordnet, bewegen sich auf mich zu. Dann erscheint rechts davon ein wunderschönes Muster von zwei Systemen eng nebeneinander liegender paralleler Linien, die rechtwinklig zueinander stehen, in verschiedenen Farben, vorwiegend jedoch in Gelb-Grün und Gold. Unmittelbar danach werden die Linien heller und das Ganze ist dick gesprenkelt mit Punkten von funkelndem Licht. Dieses Bild bewegt sich langsam über das gesamte Gesichtsfeld, verschwindet nach etwa zehn Sekunden nach links und hinterlässt einen ziemlich unangenehmen grauen Hintergrund, dem eilends ein schäumendes Meer von Wolken folgt, das scheinbar versucht, sich in lebende Muster zu verwandeln. Es ist eigenartig, dass ich in dieses Grau keine Form projizieren kann, bevor nicht die zweite Phase erreicht ist. Jedes Mal, bevor ich dann einschlafe, erscheinen Bilder von Personen und Gegenständen vor meinen Augen. Wenn ich sie sehe, weiß ich, dass ich unmittelbar darauf das Bewusstsein verliere. Wenn die Bilder nicht erscheinen, weiß ich, dass ich eine schlaflose Nacht haben werde.

In welchem Maße Einbildungskraft eine Rolle in meinen frühen Jahren spielte, mag ein anderes eigenartiges Beispiel zeigen. Wie die meisten Kinder liebte auch ich das Springen und entwickelte den starken Wunsch, so lange wie möglich in der Luft zu bleiben. Gelegentlich blies ein starker sauerstoffreicher Wind von den Bergen, der meinen Körper leicht wie eine Feder erscheinen ließ, so dass ich lange durch die Luft segelte. Es war ein erhebendes Gefühl und meine Enttäuschung war groß, als ich mich später selbst entzauberte.

Während dieser Zeit entwickelte ich viele Vorlieben, Abneigungen und Angewohnheiten, von denen ich einige auf äußere Eindrücke zurückführen konnte, während andere wiederum unerklärlich waren. Ich hatte eine heftige Abneigung gegen Ohrringe von Frauen, anderer Schmuck wie Armbänder gefielen mir jedoch mehr oder weniger je nach Art der Ausführung. Der Anblick einer Perle löste in mir fast einen Abscheu aus, doch vom Glitzern von Kristallen oder von Sachen mit scharfen Kanten und ebenen Oberflächen war ich fasziniert. Ich konnte nicht anderer Leute Haare anfassen. Beim Betrachten eines Pfirsichs bekam ich Fieber, und, wenn irgendwo im Hause etwas Kampfer vorhanden war, dann fühlte ich mich im höchsten Maße unwohl. Sogar jetzt noch habe ich negative Gefühle gegenüber manchen dieser abstoßenden Impulse. Wenn ich kleine Papierschnipsel in eine mit Flüssigkeit gefüllte Schüssel fallen lasse, spüre ich immer einen eigenartigen widerlichen Geschmack in meinem Mund. Ich zählte die Schritte meiner Wege und berechnete den Inhalt meiner Suppenschüsseln, Kaffeetassen und Nahrungsmittel, sonst wäre meine Mahlzeit nicht angenehm gewesen. Alle meine sich wiederholenden Handlungen und Maßnahmen mussten immer durch drei teilbar sein und war das nicht der Fall, dann fühlte ich mich gezwungen, den jeweiligen Vorgang zu wiederholen, auch wenn es Stunden in Anspruch nahm.

Bis zu einem Alter von acht Jahren war mein Charakter schwach und wankelmütig. Ich hatte weder Mut noch Stärke, einen festen Entschluss zu fassen. Meine Gefühle kamen in Wellen und Stößen und schwankten unaufhörlich zwischen Extremen. Meine Wünsche waren von aufwallender Stärke und wie die Köpfe der Hydra; sie vermehrten sich ständig. Ich wurde bedrängt von schmerzhaften Gedanken über Leben und Tod und schwebte in religiösen Ängsten. Ich wurde von Aberglauben hin und her geworfen und lebte in der ständigen Furcht vor dem Bösen, vor Geistern und anderen unheiligen dunklen Monstern. Dann gab es plötzlich einen gewaltigen Umschwung, der den Lauf meines ganzen Daseins veränderte. Von allen Dingen liebte ich am meisten die Bücher. Mein Vater hatte eine große Bibliothek und wenn immer es mir möglich war, suchte ich meinen Lesehunger zu stillen. Er erlaubte es nicht und bekam Wutanfälle, wenn er mich in flagranti dabei erwischte. Er versteckte die Kerzen, wenn er mich überraschte, dass ich doch heimlich las. Er hatte Angst, dass ich mir die Augen verderbe. Aber ich besorgte mir Talg, machte mir einen Docht und goss den Talg in Dosenform. Ich verstopfte die Schlüssellöcher und Ritzen und las oft jede Nacht bis zum Morgen, wenn alle anderen noch schliefen und meine Mutter schon ihre geschäftigen Tagesaufgaben in Angriff nahm. Einmal erwischte ich eine Novelle mit dem Titel „Abafi“ (der Sohn von Aba), eine serbische Übersetzung des bekannten ungarischen Schriftstellers Josika. Dieses Werk erweckte in gewisser Weise meine schlafenden Kräfte und ich begann, mein Selbstbewusstsein zu entwickeln.

Anfangs schmolz meine Entschlossenheit dahin wie Schnee im April, aber nach kurzer Zeit besiegte ich meine Schwäche und empfand eine bisher nicht gekannte Freude, nämlich die, dass ich tun konnte, was ich vorhatte. Im Laufe der Zeit wurde diese lebhafte geistige Übung meine zweite Natur. Zu Anfang versickerten meine Wünsche, aber allmählich glichen sich dann Wunsch und Wille einander an. Nach Jahren derartiger Willensübungen gewann ich eine derart vollkommene Herrschaft über mich selbst, dass ich mit Gefühlen spielen konnte, welche die Zerstörung mancher der stärksten Männer bedeutet hätten.

In einem gewissen Alter wurde ich auf einmal spielsüchtig, was meine Eltern in höchstem Maße beunruhigte. Mich hinzusetzen und in ein Kartenspiel zu vertiefen, bereitete mir damals größtes Vergnügen. Mein Vater führte ein vorbildliches Leben und hatte kein Verständnis für meine sinnlose Verschwendung von Zeit und Geld. Ich hatte einen starken Willen, aber meine Philosophie war schlecht. Ich sagte dann zu ihm: *„Ich kann damit aufhören, wenn immer ich will, aber ist es das wert mit etwas aufzuhören, das mir die Freuden des Paradieses verschafft?“* Häufig ließ er seinem Ärger und seiner Verachtung freien Lauf, meine Mutter jedoch war anders geartet. Sie verstand den Charakter von Männern und wusste, dass eine Befreiung nur durch eigene Bemühungen herbeigeführt werden konnte.

Eines Nachmittags, so erinnere mich, als ich all mein Geld verspielt hatte und ich große Lust auf ein Spiel verspürte, kam sie zu mir mit einem Bündel Geld und sagte: *„Geh, und vergnüge dich. Je eher du alles, was wir besitzen, verspielt hast, desto besser. Ich weiß, dass du darüber hinweg kommen wirst."* Und sie behielt Recht. Ich besiegte daraufhin nicht nur meine Leidenschaft, sondern riss sie vollkommen aus meinem Herzen, so dass auch nicht die Spur eines Verlangens erhalten blieb. Seitdem bin ich gegenüber jeder Form des Spielen so indifferent wie gegen das Zahnziehen.

Während eines anderen Zeitabschnitts rauchte ich übermäßig viel, womit ich meine Gesundheit zu ruinieren drohte. Doch dann setzte sich mein starker Wille durch und beendete diese Neigung nicht nur, sondern zerstörte sie gänzlich. Vor langer Zeit litt ich unter Herzproblemen, bis ich herausfand, dass die Ursache eine harmlose morgendliche Tasse Kaffee war. Ich strich diese sofort, obwohl ich zugeben muss, dass es mir nicht leicht fiel. Auf die gleiche Weise hielt ich auch andere Angewohnheiten und Leidenschaften im Zaum und habe mich dadurch nicht nur am Leben erhalten, sondern große Befriedigung aus dem gezogen, was andere als Entbehrung und Opfer bezeichnen würden.

Nachdem ich meine Studien am „Polytechnischen Institut" und an der Universität abgeschlossen hatte, erlitt ich einen völligen Nervenzusammenbruch und ich beobachtete im Verlauf der Krankheit viele befremdliche und unglaubliche Phänomene.

KAPITEL 2
Meine ersten Bemühungen um das Erfinden

Ich möchte kurz auf bestimmte außergewöhnliche Erfahrungen eingehen, da sie möglicherweise Studenten der Psychologie und Physiologie interessieren könnten. Zudem hatte diese Krankheitsphase äußerst wichtige Konsequenzen für meine geistige Entwicklung und die folgenden Arbeiten. Doch es ist unumgänglich, zunächst die vorausgegangenen Umstände und Bedingungen zu beleuchten, da sie vielleicht wichtige Aufschlüsse liefern könnten.

Von Kindheit an war ich gezwungen, mich mit mir selbst zu befassen. Das verursachte mir zwar viele Leiden, doch aus heutiger Sicht betrachte ich es als einen verkappten Segen, denn es hat mich gelehrt, welchen Wert die Introspektion sowohl für den Erhalt des Lebens als auch für die Mittel darstellt, die zum Erreichen von Zielen führen.

Arbeitsdruck und das ständige Einströmen von Einflüssen auf unser Bewusstsein durch alle Wege der Erkenntnis macht unsere moderne Existenz in vielerlei Hinsicht gefahrvoll. Die meisten Menschen sind so sehr mit der Wahrnehmung ihrer Umwelt beschäftigt, dass sie überhaupt nicht darauf achten, was in ihrem Inneren vorgeht. Der vorzeitige Tod von Millionen ist vorwiegend darauf zurückzuführen. Sogar unter denen, die umsichtig sind, ist es ein häufiger Fehler, die Vorstellungswelt auszublenden und die wirklichen Gefahren nicht zu sehen. Und was für den Einzelnen gilt, gilt auch mehr oder weniger für ein Volk in seiner Gesamtheit.

Werfen wir zum Beispiel einen Blick auf die Prohibitionsbewegung. Man greift in diesem Lande zu drastischen, wenn nicht gar verfassungsfeindlichen Maßnahmen, um den Konsum von Alkohol zu verhindern, und das, obwohl es eine Tatsache ist, dass Kaffee, Tee, Tabak, Kaugummi und andere Stimulanzien frei und großzügig konsumiert werden, sogar bei den jüngeren Jahrgängen, was entschieden schädlicher für die gesamte Bevölkerung ist, wenn man von der Anzahl der Konsumenten ausgeht. So sammelte ich zum Beispiel während meiner Studienjahre die Listen der Verstorbenen, die in Wien, der Heimat der Kaffeetrinker, veröffentlicht wurden. Dort starben manchmal 67 % durch Herzprobleme. Ähnliche Beobachtungen könnten vielleicht in Städten gemacht werden, in denen es einen übermässigen Teekonsum gibt. Diese köstlichen Getränke stimulieren außerordentlich und zerstören allmählich das feine Gewebe des Gehirns. Sie beeinflussen auch stark den Blutkreislauf und sollten daher nur sehr sparsam genossen werden, da ihre zerstörerischen Effekte langsam und unmerklich vonstatten gehen. Tabak wiederum führt zu seichtem und hochfliegendem Denken und verhindert intensive Konzentration, die für alle originären Vorgänge des Intellekts notwendig ist. Kaugummi ist kurzfristig hilfreich, höhlt aber allmählich das System der Drüsen aus und erzeugt irreparable Schäden, ganz zu schweigen von dem Ekel, den es hervorruft, wenn es überall ausgespuckt wird.

Alkohol in kleinen Mengen ist ein hervorragendes Getränk, aber toxisch in seiner Wirkung, wenn er in größeren Mengen zu sich genommen wird, und das unabhängig davon, ob er als Whisky aufgenommen, oder ob er im Magen durch Zucker erzeugt wird. Aber es sollte dabei nicht übersehen werden, dass sie starke Zerstörer sind, die durch ihre Wirkungsweise der Natur helfen, das unerbittliche, aber gerechte Gesetz vom Überleben des Stärkeren aufrecht zu erhalten. Eifrige Reformer sollten ebenfalls die ewige widernatürliche Perversität der Menschheit im Auge behalten, die das indifferente „Laissez-Faire" für vorteilhafter hält als eine erzwungene Einschränkung.

Die Wahrheit ist, dass wir Stimulanzien benötigen, um unter den gegenwärtigen Lebensbedingungen unsere besten Arbeitsergebnisse erzielen zu können, und dass wir Zurückhaltung üben und unsere Begierden und unsere Neigungen in jeder Richtung zügeln müssen. Genau das habe ich seit vielen Jahren getan und mir auf diese Weise Körper und Geist jung erhalten. Abstinenz widerstrebte mir häufig, aber ich finde vielfältigen Lohn in den guten Erfahrungen, die ich jetzt mache. In der Hoffnung einige Menschen zu meinen Grundsätzen und Überzeugungen zu bekehren, möchte ich hier ein oder zwei Beispiele anführen, an die ich mich erinnere.

Vor einiger Zeit befand ich mich auf dem Heimweg zu meinem Hotel. Es war eine bitterkalte Nacht, der Boden war rutschig, und ein Taxi war nicht aufzutreiben. Einen halben Wohnblock hinter mir folgte mir ein Mann, offensichtlich genauso wie ich darauf bedacht, schnell unter ein Dach zu kommen. Plötzlich befanden sich meine Beine in der Luft. Im selben Augenblick durchzuckte es mein Gehirn wie ein Blitz, die Nerven reagierten, die Muskeln spannten sich, ich drehte mich um 180 Grad und landete auf meinen Händen. Ich setzte meinen Weg fort als sei nichts passiert. Als der Fremde mich eingeholt hatte, fragte er mich: *„Wie alt sind Sie?“*, und musterte mich kritisch. *„Oh, ungefähr 59"*, antwortete ich. *„Aber warum?“ „Nun“*, sagte er, *„ich habe eine Katze so etwas machen sehen, aber niemals einen Menschen.“* - Vor etwa einem Monat wollte ich mir eine neue Brille verpassen lassen und ging zu einem Optiker, der dann die üblichen Tests ausführte. Er sah mich erstaunt an, als ich mühelos die kleinste Schrift aus erheblichem Abstand lesen konnte. Als ich ihm aber erzählte, dass ich schon jenseits der 60 sei, hielt er vor Erstaunen die Luft an. Freunde von mir sagen oft, dass meine Anzüge mir wie Handschuhe passen. Sie wissen jedoch nicht, dass all meine Kleidung nach einem vor 35 Jahren gemachten Schnittmuster maßgeschneidert wurden, das sich nie verändert hat. Während dieser Zeit ist mein Gewicht praktisch gleich geblieben.

In diesem Zusammenhang kann ich vielleicht noch eine lustige Geschichte hinzufügen. Eines Abends, es war im Winter 1885, betraten Mr. Edison, Edward H. Johnson, der Präsident der „Edison Lighting Company“, Mr. Batchellor, der Manager des Werkes, und ich einen kleinen Platz gegenüber der Nr. 65 in der „Fifth Avenue“, wo sich die Büros der Gesellschaft befanden. Jemand schlug vor, das jeweilige Körpergewicht der anderen zu schätzen und so wurde auch ich aufgefordert, auf eine Waage zu steigen. Edison tastete mich völlig ab und sagte dann: *„Tesla wiegt auf die Unze genau 152 Pfund“*, und er schätzte mein Gewicht exakt. Unbekleidet wog ich 142 Pfund und das ist immer noch mein Gewicht.

Ich flüsterte Mr. Johnson zu: *„Wie ist es möglich, dass Edison mein Gewicht so genau schätzen konnte?“ „Ich werde es Ihnen sagen, aber unter dem Siegel der Verschwiegenheit, Sie dürfen es nicht verraten. Er war für längere Zeit in einem Schlachthaus in Chicago beschäftigt, wo er täglich Tausende von Schweinen abgewogen hat! Das ist der Grund.“* Mein Freund, der ehrenwerte Chauncey M. Depew, erzählte von einem Engländer, dem er eine seiner originellen Anekdoten zum Besten gab und der mit ungläubigem Blick zuhörte, aber – ein Jahr später – laut auflachte. Ich muss offen zugeben, dass ich noch länger dafür brauchte, Johnsons Witz zu verstehen.

Nun, mein Wohlbefinden ist einfach das Ergebnis einer sorgfältig ausgewogenen Art zu leben und die vielleicht erstaunlichste Tatsache ist, dass ich dreimal in meiner Jugend infolge von Krankheiten als ein hoffnungsloses körperliches Wrack abgeschrieben wurde, das die Ärzte schon aufgegeben hatten. Darüber hinaus geriet ich durch Leichtsinn und Ignoranz in alle möglichen Schwierigkeiten, Gefahren und Kalamitäten, aus denen ich mich dann auf wundersame Weise befreite. Ich wäre ein Dutzend Mal fast ertrunken, beinahe verbrüht worden und schrammte so eben an einer Einäscherung vorbei. Ich war begraben, verloren und erfroren. Ich bin um Haaresbreite wildgewordenen Hunden, Wildschweinen und anderen wilden Tieren entkommen. Ich habe furchtbare Krankheiten durchgestanden, musste allerlei eigenartige Missgeschicke überstehen und dass ich heute heil und munter bin, gleicht einem Wunder. Aber wenn ich so alle diese Vorkommnisse in meinem Gedächtnis vorüberziehen lasse, bin ich fest davon überzeugt, dass meine Errettung nicht ganz zufällig war.

Das Streben eines Erfinders ist vornehmlich der Erhalt von Leben. Ob er Kräfte nutzbar macht, Geräte verbessert, oder neuen Komfort und neue Annehmlichkeiten schafft, so erhöht er die Sicherheit unserer Existenz. Er ist besser qualifiziert als das durchschnittliche Individuum, sich selbst bei Gefahr zu schützen, denn er ist aufmerksam und einfallsreich. Hätte ich keinen anderen Hinweis darauf, dass ich in gewissem Maße mit solchen Fähigkeiten ausgestattet wäre, so würde ich ihn in diesen persönlichen Erfahrungen finden. Der Leser wird imstande sein, es selbst zu beurteilen, wenn ich ein oder zwei Ereignisse aufzeige.

Einmal, ich war ungefähr 14 Jahre alt, wollte ich einige Freunde erschrecken, die mit mir beim Baden waren. Meine Idee war es, unter einem langen schwimmenden Gebilde entlang zu tauchen und langsam am anderen Ende wieder hoch zu kommen. - Schwimmen und Tauchen war für mich so natürlich wie für eine Ente und ich war mir sicher, dass mein Vorhaben gelingen würde. Dementsprechend tauchte ich ins Wasser, und, als ich außer Sichtweite war, drehte ich um und schwamm schnell in Richtung auf das gegenüber liegende Ufer. Da ich glaubte, sicher über das Gebilde hinaus zu sein, stieg ich zur Oberfläche auf, stieß jedoch zu meinem Schrecken unter den Balken, tauchte schnell ab und schwamm mit mächtigen Schwimmstößen voran, bis mein Atem langsam anfing, knapp zu werden. Ich stieg wiederum auf und mein Kopf stieß wieder unter den Balken. Jetzt wurde meine Lage verzweifelt. Indem ich alle meine Kräfte zusammennahm, machte ich einen dritten verzweifelten Versuch, aber der Erfolg war der gleiche. Die Qual der unterdrückten Atmung wurde unerträglich, mein Gehirn raste, und ich fühlte, dass ich absank. In dem Augenblick, als meine Lage absolut hoffnungslos schien, erfuhr ich einen dieser Lichtblitze und das Gebilde über mir erschien mir als Vision. Ich entdeckte oder vermutete einen kleinen Spalt zwischen der Wasseroberfläche und den Brettern, die auf Planken ruhten, und stieg mit dem Rest meines Bewusstseins auf, drückte meinen Mund dicht an die Planken, und es gelang mir, etwas Luft einzuatmen, unglücklicherweise vermischt mit einem Strahl Wasser, wodurch ich fast erstickte. Ich wiederholte diesen Vorgang mehrfach wie in Trance, bis mein Herz, das in einem schrecklichen Tempo raste, sich beruhigte und ich wieder zur Fassung kam. Nachdem ich eine Reihe von erfolglosen Tauchversuchen unternommen und vollkommen meinen Richtungssinn verloren hatte, gelang es mir endlich, aus der Falle heraus zu kommen. Meine Freunde hatten mich schon aufgegeben und fischten bereits nach meinem Körper.

Jene Badesaison war mir durch meinen Leichtsinn vergällt. Ich vergaß aber bald die Lektion und kam nur zwei Jahre später in eine noch schlimmere missliche Lage. Es gab eine große Getreidemühle mit einem Staudamm über den Fluss nahe der Stadt, in der ich damals die Schule besuchte. Normalerweise war der Wasserspiegel zwei bis drei Zoll unterhalb der Dammkrone und dorthin zu schwimmen war eine nicht allzu gefährliche Sache, die ich schon oft bewältigt hatte. Einmal ging ich allein zum Fluss, um mich wie üblich abzukühlen. Als ich mich jedoch dicht vor der Steinmauer befand, entdeckte ich zu meinem Schrecken, dass der Wasserspiegel gestiegen war und die Strömung mich schnell vorantrieb. Ich versuchte von der Mauer weg zu kommen, aber es war zu spät. Glücklicherweise konnte ich verhindern, über die Mauer gespült zu werden, indem ich mich mit beiden Händen daran festklammerte. Der Druck gegen meinen Oberkörper war groß und ich war kaum in der Lage, meinen Kopf über Wasser zu halten. Es war niemand in Sicht und meine Stimme konnte nicht gegen das Tosen des Wasserfalls anschreien. Langsam und allmählich ermattete ich und war nicht länger in der Lage, dem Druck standzuhalten. Als ich schon im Begriff war loszulassen, um auf die Felsen unter mir geschleudert zu werden, durchzuckte wieder ein Lichtblitz mein Gehirn und ich sah vor meinem geistigen Auge das bekannte Diagramm des hydraulischen Prinzips, das besagt, dass der Druck einer bewegten Flüssigkeit proportional der beaufschlagten Fläche ist, und drehte mich automatisch auf meine linke Seite. Wie durch ein Wunder ließ der Druck nach, und ich fand es in dieser Lage vergleichsweise leicht, der Kraft der Strömung zu widerstehen. Aber ich war immer noch der Gefahr ausgesetzt. Ich wusste, dass ich früher oder später über die Mauer gespült würde, da es für eine etwaige Hilfe unmöglich wäre, mich rechtzeitig zu erreichen, auch wenn ich Aufmerksamkeit hätte erregen können. - Ich bin jetzt beidhändig, aber damals war ich ein Linkshänder und hatte vergleichsweise wenig Kraft in meinem rechten Arm. Daher wagte ich es nicht, mich auf die andere Seite zu drehen, und es blieb mir nichts anderes übrig, als meinen Körper langsam den Damm entlang zu schieben. Ich musste von der Mühle wegkommen, die meinem Gesicht zugewandt war, da die Strömung dort heftiger und intensiver war. Es war ein langes Martyrium und ich war fast am Ende meiner Kräfte, als ich mich dem Ende der Mauer näherte, wo ich mich einer Einbuchtung in der Mauer gegenüber sah. Es gelang mir, mit meinen letzten Kräften darüber hinweg zu kommen. Ich fiel in Ohnmacht, als ich das Ufer erreicht hatte, wo ich dann gefunden wurde. Ich hatte praktisch meine gesamte Haut von der linken Seite meines Körpers gescheuert, und es dauerte mehrere Wochen, bis das Fieber nachließ und ich wieder gesund war. - Dies sind nur zwei von den vielen Ereignissen, aber sie mögen ausreichen, um zu zeigen, dass ich ohne den Instinkt des Erfinders nicht überlebt hätte, um dann diese Geschichte erzählen zu können.

Ich bin oft gefragt worden, wann ich mit dem Erfinden angefangen habe. Das kann ich nur in Erinnerung an meinen ersten Versuch beantworten, den ich noch im Kopf habe. Er war ziemlich anspruchsvoll, denn er umfasste die Entwicklung eines Gerätes und einer Methode. Ersteres war nichts Außergewöhnliches, aber das letztere war neu und originell. Und das kam so zustande: Einer meiner Spielkameraden kam in den Besitz eines Hakens und einer Angel und erregte damit ein ziemliches Aufsehen im Dorfe. Am nächsten Morgen fingen alle an, Frösche zu fangen. Wegen eines Streites mit dem Jungen mit der Angel war ich allein und von allem ausgeschlossen. Ich hatte noch nie einen richtigen

Haken gesehen und stellte ihn mir als ein wundervolles, mit sonderbaren Eigenschaften ausgestattetes Ding vor und war traurig, nicht bei dieser Gruppe dabei zu sein. Durch den Zwang der Notwendigkeit kam ich irgendwie an ein Stück weichen Eisendrahts, hämmerte das Ende zwischen zwei Steinen zu einer Spitze, bog es zu einem Haken und befestigte diesen dann an einem starken Faden. Dann schnitt ich mir eine Rute, sammelte irgendwelche Köder und ging zum Bach hinunter, wo es jede Menge Frösche gab. Aber ich konnte keine fangen und war schon beinahe entmutigt, als es mir in den Sinn kam, den leeren Haken vor einem Frosch baumeln zu lassen, der auf einem Baumstumpf saß. Zuerst zuckte er zusammen, aber nach und nach quollen seine Augen hervor und waren blutunterlaufen, er schwoll zu doppelter Größe an und schnappte begierig nach dem Haken. Sofort zog ich ihn heraus. Ich wiederholte die Methode immer wieder, sie war unfehlbar. Als meine Kameraden, die trotz ihrer feinen Ausrüstung nichts gefangen hatten, zu mir kamen, waren sie grün vor Neid. Lange Zeit hielt ich die Sache geheim und hatte eine Monopolstellung, doch schließlich siegte der Geist von Weihnachten. Jeder Junge konnte nun das Gleiche tun, und der nächste Sommer ließ über die Frösche eine Katastrophe hereinbrechen.

Bei meinem nächsten Versuch handelte ich erstmals unter dem instinktiven Impuls, der mich auch später leitete, die Energien der Natur zum Nutzen der Menschen anzuzapfen. Ich tat dies durch das Medium von Maikäfern (oder Junikäfern, wie sie in Amerika genannt werden), die dort eine echte Plage waren und in solchen Scharen auftraten, dass die Zweige unter dem schieren Gewicht ihrer Körper brachen. Die Büsche waren schwarz von ihnen. Ich befestigte bis zu vier Käfer an einem Rotor auf einer dünnen Spindel, übertrug die Bewegung derselben auf eine große Scheibe und erzeugte so eine beträchtliche „Energie". Diese Kreaturen waren bemerkenswert effizient, denn einmal in Gang gesetzt, kam es ihnen nicht in den Sinn, aufzuhören und sie drehten Stunde um Stunde immer weiter. Je heißer es war, desto eifriger arbeiteten sie. Alles lief bestens, bis ein fremder Junge dort auftauchte. Er war der Sohn eines pensionierten australischen Armee-Offiziers. Dieses Urviech verspeiste noch lebende Maikäfer mit einem Vergnügen, als wären es die feinsten „Blue-Point"-Austern. Dieser abscheuliche Anblick beendete meine Bemühungen auf diesem vielversprechenden Gebiet und ich war nie wieder imstande, einen Mai-Käfer oder auch irgendein anderes Insekt zu berühren.

Danach, so glaube ich, habe ich die Uhren meines Großvaters auseinander genommen und wieder zusammengesetzt. Im Auseinandernehmen war ich immer erfolgreich, im Zusammensetzen scheiterte ich jedoch des Öfteren. Und so kam es, dass er meine Arbeit in einer nicht gerade feinfühligen Weise zu einem abrupten Halt brachte und es dauerte immerhin 30 Jahre, bis ich mich wieder an ein Uhrwerk traute. Kurz darauf baute ich mir eine Art von Korkengewehr, das aus einer Röhre, einem Kolben und zwei Hanfstöpseln bestand. Wenn das Gewehr abgefeuert werden sollte, wurde der Kolben gegen den Bauch gepresst und die Röhre schnell mit beiden

Händen zurück geschoben. Die Luft zwischen den Stöpseln wurde komprimiert, erhitzte sich stark und einer der Stöpsel wurde mit einem lauten Knall ausgestoßen. Die Kunst bestand nun darin, eine Röhre mit der passenden Verjüngung an den hohlen Stielen zu finden. Mit dem Gewehr war ich sehr erfolgreich, aber meine Aktivitäten kollidierten mit den Fensterscheiben unseres Hauses und hinterließen bei mir oft schmerzhafte Folgen. Wenn ich mich recht erinnere, begann ich dann mit dem Schnitzen von Schwertern, und zwar aus Holzteilen von Möbeln, die ich mir leicht beschaffen konnte. Damals stand ich unter dem Einfluss der serbischen Nationaldichtung und war voller Bewunderung für die großen Taten ihrer Helden. Ich verbrachte oft Stunden damit, meine Feinde in Form von Getreidehalmen niederzumähen, was die Ernte ruinierte und mir oft Hiebe meiner Mutter einbrachte.

All dies und mehr hatte ich schon hinter mich gebracht, bevor ich sechs Jahre alt war und ein Jahr Elementarschule in dem Dorf Smiljan, in dem ich geboren wurde, absolviert hatte. Zu diesem Zeitpunkt zogen wir in die nahe gelegene Stadt Gospic. Dieser Wechsel des Wohnorts war für mich wie ein großes Unglück. Es brach mir fast das Herz, Abschied nehmen zu müssen von unseren Tauben, Hühnern und Schafen sowie von unserer wunderbaren Gänseherde, die am Morgen in den Himmel aufstieg und bei Sonnenuntergang in Flugformation von ihren Futterplätzen zurückkehrte, und zwar so perfekt, dass sie eine Schwadron von Flugpiloten der heutigen Zeit hätte schlecht aussehen lassen. In unserm neuen Haus war ich fast ein Gefangener, der die fremden Leute durch die Jalousien beobachtete. Meine Schüchternheit war derart ausgeprägt, dass ich lieber einem brüllenden Löwen gegenüber gestanden hätte als einem der Dandys, die durch die Stadt stolzierten. Aber meine schwerste Prüfung kam dann am Sonntag, wenn ich meine Sonntagskleidung anziehen und in die Kirche gehen musste. Der bloße Gedanke an ein Malheur, das mir dort passierte, ließ noch Jahre später mein Blut aufwallen wie saure Milch. Es war mein zweites Abenteuer in einer Kirche. Kurz davor war ich eine Nacht lang in einer alten Kapelle eingeschlossen, die sich auf einem unzugänglichen Berg befand und nur einmal im Jahr besucht wurde. Es war eine furchtbare Erfahrung, aber diese hier war schlimmer. Es gab in der Stadt eine reiche Dame, eine gutherzige, aber aufgeblasene Frau, die übermäßig aufgetakelt in der Kirche erschien, mit einer großen Schleppe und mit einem ansehnlichen Gefolge. Eines Sonntags, als ich gerade mit dem Läuten der Glocken im Kirchturm fertig war und eilig die Treppen hinab stürmte, schritt diese Grande Dame mit ihrem Schwarm aus der Kirche und ich trat auf ihre Schleppe. Diese riss laut hörbar ab, was sich so anhörte, als würden Musketensalven von wilden Rekruten abgefeuert. Mein Vater war außer sich vor Wut. Er verpasste mir einen sanften Klaps auf die Wange, die einzige Züchtigung, die er mir jemals verabreichte, aber ich spüre sie fast heute noch. Die peinliche Verlegenheit und die Verwirrung, die folgten, waren unbeschreiblich. Ich war praktisch geächtet, bis etwas passierte, das meine Wertschätzung in den Augen der Gemeinschaft wieder herstellte.

Ein unternehmungslustiger junger Kaufmann hatte eine Feuerwehr auf die Beine gestellt. Eine neue Feuerwehrspritze wurde gekauft, Uniformen angeschafft und man drillte die Männer für den Dienst und das Paradieren. Die Spritze war in Wirklichkeit eine Pumpe, die von 16 Männern bedient werden musste. Sie war wundervoll rot und schwarz angestrichen. Eines Nachmittags stand alles für die offizielle Vorstellung bereit und das Gerät wurde zum Fluss gebracht. Die ganze Bevölkerung strömte herbei, um dem großen Spektakel beizuwohnen. Als alle Reden und Zeremonien beendet waren, ertönte der Befehl zu pumpen, doch kein einziger Tropfen Wasser kam aus dem Schlauch. Die Professoren und Experten versuchten vergeblich, den Schaden zu finden. Die Verwirrung war komplett, als ich auf der Bildfläche erschien. Mein Wissen über den Mechanismus war gleich null und ich wusste praktisch nichts über Luftdruck, aber ich tastete den Ansaugschlauch im Wasser ab und stellte fest, dass er sich verschlossen hatte. Als ich dann in den Fluss watete und den Schlauch öffnete, schoss das Wasser hinein und manches Sonntagsgewand war ruiniert. Als Archimedes nackt durch die Straßen von Syrakus lief und mit lauter Stimme *„Heureka!“* rief, erzielte er keinen größeren Eindruck als ich es jetzt tat. Ich wurde auf den Schultern getragen und war der Held des Tages.

Nachdem ich mich in der Stadt eingelebt hatte, begann ich einen vierjährigen Kurs in der sogenannten „Normalschule“ als Vorbereitung auf mein Studium am College, bzw. am Realgymnasium. Während dieser Zeit gingen mein bubenhaftes Verhalten und meine Streiche weiter. Unter anderem erhielt ich die einzigartige Auszeichnung als Landesmeister der Krähenfänger. Meine Vorgehensweise war extrem einfach. Ich ging in den Wald, versteckte mich hinter Büschen und imitierte den Ruf des Vogels. In der Regel erhielt ich mehrere Antworten und kurz darauf flatterte dann eine Krähe in das Buschwerk in meiner Nähe nieder. Alles, was ich dann zu tun hatte, war, ein Stückchen Pappe zu werfen, um ihre Aufmerksamkeit abzulenken, aufzuspringen und sie zu ergreifen, bevor sie sich aus dem Unterholz befreien konnte. Auf diese Weise fing ich dann so viele, wie ich wollte. Aber einmal passierte etwas, das mir Respekt abnötigte. Ich hatte ein prächtiges Vogelpärchen gefangen und war mit einem Freund auf dem Weg nach Hause. Als wir den Wald verließen, hatten sich Tausende von Krähen versammelt und machten ein fürchterliches Spektakel. Nach einigen Minuten stiegen sie auf, verfolgten uns und hatten uns bald umringt. Der Spaß hielt an, bis ich plötzlich einen Hieb auf meinen Hinterkopf erhielt, der mich niederstreckte. Dann attackierten sie mich heftig. Ich war gezwungen, die beiden Vögel freizulassen und war froh, zu meinem Freund zu gelangen, der in einer Höhle Zuflucht gefunden hatte.

In der Schule gab es wenige mechanische Modelle, die mich interessierten. Daher lenkte ich meine Aufmerksamkeit auf Wasserturbinen. Ich baute viele davon und hatte großen Spaß daran, sie zu betreiben. Wie außergewöhnlich mein Leben war, mag ein Vorfall beleuchten. Mein Onkel hatte kein Verständnis für diese Art des Zeitvertreibs und hat mich mehr als einmal ausgescholten. Ich war von einer Beschreibung der Niagarafälle fasziniert und hatte mir in meiner Phantasie ein großes Rad ausgemalt, das von den Fällen angetrieben würde. Ich erzählte meinem Onkel, dass ich nach Amerika gehen würde, um meine Idee umzusetzen. 30 Jahre später hatte man meine Ideen zur Realität werden lassen und ich habe über das grenzenlose Mysterium des menschlichen Geistes nachgedacht.

Ich habe alle möglichen anderen Vorrichtungen und Gerätschaften erdacht und gemacht, unter denen aber der Arbalist, eine Art Armbrust, die ich hergestellt habe, die beste war. Meine Pfeile, wenn sie denn einmal abgeschossen waren, verschwanden aus dem Sichtfeld und durchschlugen auf nähere Entfernung eine ein Zoll dicke Pinienbohle. Durch das ständige Spannen des Bogens bekam ich Hornhaut auf dem Bauch, ähnlich der eines Krokodils, und ich denke häufig darüber nach, ob meine Fähigkeit, Kieselsteine zu verdauen, daher rührt. Auch kann ich nicht meine Fertigkeit mit der Schleuder verschweigen, mit der ich eine tolle Vorführung in einem Hippodrom hätte geben können.

Und jetzt möchte ich von meinen Kunststückchen mit diesem antiken Kriegsgerät erzählen, wodurch ich meine Glaubwürdigkeit bei meinen Lesern auf das Äußerste strapazieren werde. Ich übte, während ich mit meinem Onkel am Fluss entlang ging. Die Sonne ging langsam unter, die Forellen tummelten sich im Wasser und von Zeit zu Zeit schoss eine in die Luft, wobei ihr glitzernder Körper sich scharf gegen den dahinter aufragenden Felsen abhob. Natürlich hätte jeder Junge unter diesen günstigen Voraussetzungen einen Fisch getroffen, ich jedoch unternahm eine viel schwierigere Aufgabe und sagte meinem Onkel in minutiösen Einzelheiten voraus, was ich zu tun vorhatte. Ich würde einen Stein schleudern, der den Fisch treffen und dessen Körper so gegen den Felsen drücken würde, dass er zweigeteilt wäre. Kaum war es ausgesprochen, da war es auch schon ausgeführt. Mein Onkel sah mich äußerst perplex an und rief aus: *„Satan, weiche von mir!“* Und es dauerte ein paar Tage, bis er wieder mit mir sprach. Andere Rekorde, wie groß sie auch sein mögen, sollen hier unerwähnt bleiben, aber ich fühle, dass ich mich für tausend Jahre auf meinen Lorbeeren ausruhen könnte.

KAPITEL 3
Meine späteren Forschungen

Die Entdeckung des drehenden Magnetfeldes

Im Alter von zehn Jahren trat ich in das Realgymnasium ein, das eine neue und relativ gut ausgestattete Anstalt war. In der Physikabteilung gab es verschiedene Modelle von klassischen Apparaten, sowohl von elektrischen als auch von mechanischen. Die Vorführungen und Experimente, die von Zeit zu Zeit von einem Experimentator durchgeführt wurden, faszinierten mich und waren zweifellos ein starker Anreiz für meine Forschungen. Auch liebte ich die mathematischen Studien und wurde des Öfteren vom Professor für das schnelle Lösen der Rechenaufgaben gelobt. Dies war eine Folge meiner erlernten Fähigkeit, die Zahlen visuell zu erfassen und die Rechenoperationen nicht in der normalen intuitiven Weise auszuführen, sondern wie im wirklichen Leben. Bis zu einem gewissen Schwierigkeitsgrad war es für mich absolut egal, ob ich die Zahlen auf die Tafel schrieb oder ob ich sie vor meinem geistigen Auge erscheinen ließ. Aber Freihandzeichnen, dem im Unterricht viele Stunden gewidmet wurde, war für mich eine schwer zu ertragende Betätigung. Das war jedoch insofern bemerkenswert, als die meisten Familienmitglieder dies hervorragend beherrschten. Vielleicht rührte meine Abneigung einfach von meiner Vorliebe für ungestörte Gedankengänge her. Wären da nicht einige extrem begriffsstutzige Jungen gewesen, die absolut gar nichts konnten, wäre mein Leistungsstand der schlechteste gewesen. Es war ein ernsthaftes Handicap, da unter dem existierenden Schulsystem Zeichnen Pflichtfach war, und dieses Defizit drohte meine gesamte Schulkarriere zu zerstören. Mein Vater hatte beträchtliche Schwierigkeiten, mich per Eisenbahn von der einen zu der anderen Schulklasse zu bringen.

Im zweiten Jahr an dieser Institution war ich besessen von der Idee, eine permanente Bewegung durch gleichmäßigen Luftdruck zu erzeugen. Das Pumpenereignis, von dem ich berichtet habe, hatte meine jugendliche Einbildungskraft in Gang gesetzt und beeindruckte mich mit den grenzenlosen Möglichkeiten eines Vakuums. Ich wurde fanatisch in meinem Wunsch, diese unerschöpfliche Energie zu bändigen, aber über einen langen Zeitraum stocherte ich im Nebel. Endlich jedoch kristallisierten sich meine Bemühungen zu einer Erfindung, die mich in den Stand setzte, zu erreichen, was kein Sterblicher jemals versucht hatte.

Man stelle sich einen Zylinder vor, frei drehbar auf zwei Lagern und teilweise umgeben von einem rechteckigen Trog, der ihn passgenau umgibt. Die offene Seite des Troges ist durch eine Trennwand verschlossen, so dass das zylindrische Segment innerhalb der Umhüllung dieses in zwei Kammern teilt, die vollkommen durch luftdichte Schiebeverbindungen gegeneinander abgeschlossen sind. Eine dieser Kammern ist verschlossen und entleert, die andere bleibt offen. Das Ergebnis wäre eine permanente Rotation des Zylinders, jedenfalls habe ich das so gedacht. In äußerst akkurater Bauweise konstruierte ich ein Holzmodell und als ich an einer Seite die Pumpe anschloss und tatsächlich beobachtete, dass eine Tendenz zum Drehen vorhanden war, da war ich freudetrunken. Motorflug war eine Sache, die ich erreichen wollte, obwohl ich noch unter der entmutigenden Erinnerung an einen üblen Sturz stand, der daraus folgte, dass ich mit einem Regenschirm vom Dach eines Hauses gesprungen war. Jeden Tag flog ich in Gedanken durch die Luft in ferne Regionen, konnte aber nicht herausfinden, wie das zu bewerkstelligen sei. Jetzt hatte ich etwas Konkretes, eine Flugmaschine mit nichts mehr als einer rotierenden Welle, schlagenden Flügeln und einem Vakuum von unbegrenzter Kraft. Von der Zeit an machte ich meine täglichen Luftexkursionen in einem Vehikel mit einem Komfort und Luxus, wie es König Salomon gemäß gewesen wäre. Es dauerte Jahre, bis ich verstand, dass der atmosphärische Druck senkrecht auf die Fläche des Zylinders wirkt und dass die leichte Drehbewegung, die ich bemerkte, als Folge eines Lecks entstanden war. Obwohl diese Erkenntnis sich erst allmählich einstellte, gab sie mir einen schmerzhaften Schock.

Ich hatte gerade meine Zeit am Realgymnasium beendet, als ich von einer gefährlichen Krankheit niedergeworfen wurde oder, besser gesagt, von mehreren. Meine Lage wurde so verzweifelt, dass die Ärzte mich schon aufgegeben hatten. Während dieser Zeit durfte ich ständig lesen. Ich bekam Bücher aus der öffentlichen Bibliothek, die vernachlässigt bei Seite gelegt worden waren und die man mir zur Klassifizierung und zur Aufnahme in die Kataloge überließ. Eines Tages überreichte man mir einige Bände neuer Literatur, die ganz anders waren als alles, was ich bisher gelesen hatte. Sie waren so fesselnd, dass sie mich meinen hoffnungslosen Zustand vergessen ließen. Es waren frühe Werke von Mark Twain und ihnen verdanke ich vielleicht meine wundersame Genesung, die dann folgte. 25 Jahre später, als ich Mr. Clemens traf und wir Freundschaft schlossen, erzählte ich ihm von diesem Ereignis und wunderte mich, dass dieser große Mann des Humors in Tränen ausbrach.

Meine Schulbildung setzte ich am höheren Realgymnasium in Karlstadt in Kroatien fort, wo eine meiner Tanten wohnte. Sie war eine vornehme Dame, die Frau eines Obersts, eines alten Kriegshaudegens, der schon an vielen Schlachten teilgenommen hatte. Ich werde nie die drei Jahre vergessen, die ich in ihrem Hause verbrachte. Keine Festung in Kriegszeiten stand unter einer rigoroseren Disziplin. Ich wurde gefüttert wie ein Kanarienvogel. All meine Mahlzeiten waren von höchster Qualität und köstlich zubereitet, aber in der Menge um tausend Prozent zu gering. Die Schinkenscheiben, die meine Tante schnitt, waren dünn wie Toilettenpapier. Wenn der Oberst mir etwas Größeres auf den Teller legte, riss sie es sofort wieder weg und sagte mit Bestimmtheit zu ihm: *„Sei vorsichtig, Niko ist sehr zart.“* Ich hatte einen Wolfshunger und durchlebte Tantalusqualen. Aber ich lebte in einer kultivierten Atmosphäre, die von einem für die damaligen Zeitumstände ungewöhnlichen künstlerischen Geschmack geprägt war.

Es war ein tief gelegenes Sumpfgebiet und die Malaria war mein ständiger Begleiter, trotz der enormen Mengen von Chinin, die ich konsumierte. Gelegentlich stieg der Wasserstand des Flusses und trieb Armeen von Ratten in die Häuser, die alles verschlangen, sogar die feurigen Paprikabündel. Dieses Ungemach war für mich immer eine willkommene Ablenkung. Ich dezimierte ihre Anzahl durch allerlei Methoden, was mir die unumstrittene Auszeichnung als Rattenfänger der Stadt einbrachte. Schließlich jedoch hatte ich die Schule beendet, die Leidenszeit war vorüber und ich erhielt das Reifezeugnis, das mich wieder an einen neuen Scheideweg brachte.

Während all dieser Jahre schwankten meine Eltern nie in ihrer Entschlossenheit, mich die klerikale Laufbahn einschlagen zu lassen. Der bloße Gedanke daran erfüllte mich mit Furcht. Unter dem starken Einfluss meines Physikprofessors hatte ich ein großes Interesse an der Elektrizität entwickelt... Er war ein genialer Mann, der des Öfteren Grundprinzipien anhand von ihm selbst entwickelter Apparate demonstrierte. Ich erinnere mich lebhaft an ein Gerät in der Form einer frei drehbaren und mit Stanniolpapier umhüllten Kugel, die sich schnell zu drehen begann, wenn sie an eine statische Maschine angeschlossen wurde. Es ist mir unmöglich, meine heftigen Gefühle zu beschreiben, die ich empfand, wenn er dieses mysteriöse Phänomen demonstrierte. Jeder Eindruck erzeugte ein tausendfaches Echo in meinem Kopf. Ich wollte mehr über diese wunderbare Kraft wissen, ich sehnte mich nach Untersuchungen und Experimenten und ergab mich mit schmerzvollem Herzen in das Unvermeidliche.

Als ich mich gerade für die lange Heimreise rüstete, erreichte mich die Nachricht, dass mein Vater mich auf eine Jagd schicken wollte. Es war ein seltsamer Wunsch, da er sonst immer strikt gegen diese Art von Sport war. Aber einige Tage später erfuhr ich, dass die Cholera in diesem Distrikt wütete. Ich nutzte diese Gelegenheit, unter Missachtung des Wunsches meiner Eltern nach Gospic zurückzukehren. Es ist unglaublich, wie ignorant die Leute den Gründen dieser Geißel der Menschheit gegenüber waren, die in Abständen von 15 bis 20 Jahren das Land immer wieder heimsuchte. Sie glaubten, dass tödliche Keime sich durch die Luft verbreiteten und sie mit beißenden Gerüchen und Rauch erfüllten, während sie das verseuchte Wasser tranken und scharenweise starben. Ich zog mir diese furchtbare Krankheit am Tag meiner Ankunft zu und obwohl ich die Krise überlebte, war ich für neun Monate ans Bett gefesselt, kaum fähig, mich zu bewegen. Meine Energie war vollkommen dahin und zum zweiten Mal stand ich an der Schwelle des Todes. In einer der schwersten Krisen, von der man glaubte, dass sie meine letzte sein würde, kam mein Vater ins Zimmer gestürmt. Ich sehe noch sein bleiches Gesicht, als er mich in einem Ton aufzumuntern versuchte, der seiner Überzeugung total widersprach. „*Vielleicht*“, sagte ich, „*könnte ich wieder gesund werden, wenn du mich Technik studieren lässt.*“ „*Du wirst zur besten technischen Institution der Welt gehen*“, antwortete er feierlich, und ich wusste, dass er es ernst meinte. Ein großer Stein fiel von meinem Herzen, aber diese Erlösung wäre zu spät gekommen, hätte es da nicht eine wundervolle Heilung in Form eines bitteren Aufgusses mit einer speziellen Bohne gegeben. Zur äußersten Verwunderung aller wurde ich wieder – wie ein neuer armer Lazarus - zum Leben erweckt.

Mein Vater bestand darauf, dass ich ein Jahr lang gesunde Freiluftübungen machen sollte, worin ich ihm nur ganz widerstrebend zustimmte. Während des größten Teils dieser Zeit durchstreifte ich die Berge, ausgerüstet wie ein Jäger und mit einem Bündel von Büchern, und dieser Kontakt mit der Natur machte mich stärker an Körper und Geist. Ich dachte und plante, entwickelte viele Ideen, die in der Regel alle Luftschlösser waren. Die Vision war meistens klar genug, aber die Kenntnis der Prinzipien war doch sehr begrenzt. In einer dieser Erfindungen erdachte ich ein System zur Beförderung von Briefen und Paketen durch die Meere mittels unter dem Wasser verlaufender Röhren in kugelförmigen Behältern, stabil genug, dem hydraulischen Druck zu widerstehen. Das Pumpwerk, das erforderlich wäre, das Wasser durch die Röhre zu pressen, war genau berechnet und konstruiert und alle anderen Einzelheiten sorgfältig ausgearbeitet. Nur eine winzige bedeutungslose Kleinigkeit war leichtfertig übersehen worden. Ich hatte nämlich eine willkürliche Geschwindigkeit des Wassers angenommen und darüber hinaus berauschte ich mich an hohen Geschwindigkeiten, was zu aberwitzigen Leistungen führte, begleitet von fehlerhaften Berechnungen. Spätere Reflexionen über den Druckverlust in fließenden Leitungen ließen in mir die Erkenntnis reifen, dass diese Erfindung zu einer öffentlichen Aufgabe werden müsste.

Ein anderes meiner Projekte war, um den Äquator herum einen Ring zu legen, der natürlich frei schwebend sein müsste, nur gehalten durch die drehende Bewegung der Reaktionskräfte. Man könnte somit eine Reisegeschwindigkeit von etwa 1000 Meilen pro Stunde ermöglichen, was auf dem Schienenweg nicht erreichbar wäre. Mancher Leser wird schmunzeln. Ich muss aber zugeben, dass der Plan schwer umzusetzen, aber nicht annähernd so schlecht ist wie der eines bekannten New Yorker Professors, der die Luft aus den glühend heißen Zonen in die temperierten Gebiete pumpen wollte und der vollkommen vergaß, dass der Schöpfer eben zu diesem Zweck bereits eine gigantische Maschine bereitgestellt hat.

Ein anderes System, weit wichtiger und attraktiver, war die Gewinnung von Energie durch die Drehung der Erde. Ich hatte beobachtet, dass Objekte auf der Oberfläche der Erde infolge der täglichen Drehung des Globus durch diese alternativ in Richtung oder in Gegenrichtung der translatorischen Bewegung getragen werden. Daher rührt eine große Veränderung des Drehimpulses, was in der einfachsten vorstellbaren Weise zur Lieferung von Bewegungsenergie in jede bewohnte Region genutzt werden kann. Ich kann keine Worte für meine Enttäuschung finden, als ich herausfand, dass ich mich in der selben misslichen Lage wie Archimedes befand, der vergeblich einen festen Punkt im Universum suchte.

Nach dem Ende meiner Ferien wurde ich zur Polytechnischen Schule in Graz in der Steiermark geschickt, die mein Vater als eine der ältesten und besten Institutionen ausgewählt hatte. Das war der Augenblick, den ich sehnlichst erwartet hatte, und ich begann meine Studien unter guten Vorzeichen und war fest entschlossen, erfolgreich zu sein. Meine bisherige Bildung lag über dem Durchschnitt infolge des durch meinen Vater erteilten Unterrichts und der gegebenen Möglichkeiten. Ich hatte mehrere Sprachen erlernt, habe mich durch die Bücher verschiedener Bibliotheken gearbeitet und mehr oder weniger nützliche Informationen gesammelt. Darüber hinaus konnte ich erstmalig meine Fächer selber wählen, und ich brauchte mich nicht mehr über das Freihandzeichnen zu ärgern.

Ich hatte mich entschlossen, meine Eltern zu überraschen. Während des gesamten ersten Jahres begann ich regelmäßig meine Arbeit um drei Uhr morgens und machte bis elf Uhr nachts weiter, auch sonntags und ohne Ferien. Da die meisten meiner Studienkameraden die Sache auf die leichte Schulter nahmen, konnte ich natürlich alle Rekorde brechen. Im Laufe des Jahres habe ich neun Examina erfolgreich absolviert und meine Professoren meinten, dass ich mehr als die höchsten Qualifikationen erreicht hätte. Bewaffnet mit ihren schmeichelhaften Zertifikaten, fuhr ich für einen kurzen Aufenthalt nach Hause und erwartete einen Triumph. Ich war tödlich getroffen, als mein Vater stattdessen diese schwer erworbenen Ehren als ein Kinderspiel abtat. Das ließ meine Ambitionen fast versiegen. Aber später, nachdem er gestorben war, schmerzte es mich sehr, einen Packen von Briefen zu finden, welche die Professoren ihm geschrieben hatten und in denen sie ihn baten, mich von der Institution zu nehmen, da ich andernfalls durch Überarbeitung sterben würde.

Später habe ich meinen Schwerpunkt auf Physik, Mechanik und mathematische Studien gelegt und verbrachte meine freien Stunden in den Bibliotheken. Ich hatte eine echte Manie, was immer ich angefangen hatte, auch zu vollenden, was mich dann häufig in Schwierigkeiten brachte. Ich begann die Werke des Franzosen Voltaire zu lesen, als ich zu meinem Schrecken feststellte, dass es nahezu 100 große Bände in klein gedruckter Schrift gab, die dieses Monster geschrieben hatte, wobei ich 72 Tassen schwarzen Kaffee pro Tag getrunken habe. Es musste getan werden. Als ich aber das letzte Buch bei Seite legte, war ich froh und sagte: *„Nie wieder!“*

Mein erstes Studienjahr hat mir die Anerkennung und Freundschaft verschiedener Professoren eingebracht. Unter diesen waren Prof. Rogner, der Arithmetik und Geometrie lehrte, Prof. Pöschl, der den Lehrstuhl für theoretische und experimentelle Physik innehatte, und Dr. Alle, der Integralrechnung lehrte mit dem Spezialgebiet Differenzialgleichungen. Dieser Wissenschaftler war der brillanteste Lehrer, dessen Vorlesungen ich jemals beigewohnt habe. Er war besonders an meinem Fortkommen interessiert und blieb häufig ein oder zwei Stunden länger im Vorlesungssaal, in denen er mir dann Probleme zu lösen gab, was mir eine besondere Freude bereitete. Ihm erklärte ich die Flugmaschine, die ich erdacht hatte, keine illusionäre Erfindung, sondern eine, die auf soliden wissenschaftlichen Grundlagen basierte und die durch meine Turbine realisierbar sein und bald der Welt vorgestellt würde. Die Professoren Rogner und Pöschl waren beide neugierige Menschen. Ersterer hatte eine merkwürdige Art sich auszudrücken und wann immer dieser Fall eintrat, gab es Aufruhr, gefolgt von einer langen peinlichen Pause. Prof. Pöschl war ein methodischer und durch und durch geerdeter Deutscher. Er hatte enorme Füße und Hände wie die Pranken eines Bären, aber all seine Experimente wurden mit der Präzision eines Uhrwerks gekonnt vorgeführt, ohne jeglichen Fehlversuch.

Es war im zweiten Jahr meines Studiums, als wir einen Gramme-Dynamo aus Paris erhielten. Er hatte die Hufeisenform eines laminierten Feldmagneten und eine Drahtspulenarmatur mit einem Kommutator. Er wurde angeschlossen und es konnten verschiedene Effekte des Stroms gezeigt werden. Während Prof. Pöschl in seinen Vorführungen die Maschine als Motor laufen ließ, wobei die Bürsten Probleme bereiteten, indem sie heftig feuerten, äußerte ich meine Beobachtung, dass es möglich sein könnte, einen Motor ohne diese Dinge zu betreiben. Aber er erklärte, dass dies unmöglich sei. Er erwies mir die Ehre, mich ein Referat darüber halten zu lassen, an dessen Ende er erklärte: „*Herr Tesla mag vielleicht große Dinge erreichen, aber das hier wird es niemals geben. Es wäre gleichbedeutend mit der Umwandlung einer gleichförmig wirkenden Kraft wie der Schwerkraft in eine Drehbewegung. Es ginge dabei um das Perpetuum Mobile, also ein Ding der Unmöglichkeit.*“ Aber Instinkt ist etwas, das über das Wissen hinausgeht. Wir haben zweifellos gewisse feinere Drähte, die es uns erlauben, Wahrheiten zu erspüren, wenn Logik oder eine andere bewusste Bemühung des Hirns nutzlos bleiben. Zeitweilig schwankte ich, beeindruckt durch die Autorität des Professors, aber bald war ich überzeugt, die richtige Aufgabe anzugehen mit all dem Feuer und dem grenzenlosen Selbstbewusstsein der Jugend.

Ich begann damit, mir erst einmal im Kopf eine Gleichstrommaschine vorzustellen, sie laufen zu lassen und den wechselnden Fluss der Ströme auf der Armatur zu verfolgen. Dann stellte ich mir einen Wechselstromgenerator vor und untersuchte die in gleicher Weise ablaufenden Vorgänge. Als nächstes stellte ich mir ein System aus Motoren und Generatoren vor und betrieb sie unter verschiedenen Bedingungen. Die Bilder, die ich sah, waren für mich wirklich und real, so dass ich sie anfassen konnte. All meine verbleibende Zeit in Graz war ausgefüllt mit fruchtlosen Bemühungen um diese Fragen und ich kam fast zu dem Schluss, dass das Problem unlösbar sei.

Im Jahre 1880 ging ich nach Prag in Böhmen, um meine Ausbildung an der dortigen Universität zu vollenden. Es war in dieser Stadt, wo ich einen entscheidenden Durchbruch erzielte, der darin bestand, dass ich den Kommutator von der Maschine trennte und das Phänomen unter diesen neuen Aspekten untersuchte, aber immer noch erfolglos. Im darauf folgenden Jahr gab es eine plötzliche Änderung meiner Sicht auf das Leben. Ich erkannte, dass meine Eltern zu große Opfer für mich erbracht hatten und war entschlossen, sie zu entlasten. Die Welle des amerikanischen Telefons hatte gerade den europäischen Kontinent erreicht, das System sollte in Budapest in Ungarn installiert werden. Es erschien mir als eine ideale Gelegenheit, und das umso mehr, als ein Freund unserer Familie dem Unternehmen vorstand. Und es war hier, wo ich den totalen Nervenzusammenbruch erlitt, von dem ich schon früher berichtet habe.

Was ich während dieser Zeit durchgemacht habe, übertrifft alles, was man sich vorstellen kann. Mein Sehen und Hören waren immer außergewöhnlich. Ich konnte Gegenstände in der Ferne deutlich wahrnehmen, wenn andere überhaupt nichts sahen. Mehrmals in meiner Kindheit rettete ich die Häuser unserer Nachbarn, indem ich schwache knisternde Geräusche hörte, die nicht einmal deren Schlaf störten, und Hilfe herbeirufen konnte. Im Jahre 1899, als ich jenseits der 40 war und meine Experimente in Colorado fortsetzte, konnte ich klar Donnerschläge aus einer Entfernung von 550 Meilen hören. Die Hörgrenze meiner jungen Mitarbeiter war aber kaum weiter als 150 Meilen. Mein Ohr war somit [unter Berücksichtigung der exponentialen Ausbreitung des Schalls - Anm. d. Übersetzers] 13-mal empfindlicher. Jedoch war ich in der Zeit sozusagen taub wie ein Stein im Vergleich zu der Hörschärfe während meiner Nervenkrankheit. In Budapest konnte ich das Ticken einer Uhr hören, auch wenn drei Räume zwischen der Uhr und mir lagen. Eine auf dem Tisch landende Fliege konnte einen dumpfen Schlag in meinem Ohr erzeugen. Eine in einigen Meilen vorbei fahrende Kutsche erschütterte praktisch meinen ganzen Körper. Das Pfeifen einer Lokomotive in 20 oder 30 Meilen Entfernung ließ die Bank oder den Stuhl, auf dem ich saß, so stark erzittern, dass der Schmerz nicht auszuhalten war. Der Boden unter meinen Füßen bebte permanent. Ich musste mein Bett auf Gummipolster stellen, um überhaupt schlafen zu können. Die donnernden Geräusche von nah und fern erzeugten oft den Effekt von gesprochenen Wörtern, was mich geängstigt hätte, wäre ich nicht im Stande gewesen, sie in ihre zufälligen Bestandteile zu zerlegen. Periodisch eingefangene Sonnenstrahlen erzeugten Schläge solcher Stärke auf mein Gehirn, dass sie mich betäubten. Ich musste all meinen Willen zusammennehmen, unter einer Brücke oder einem anderen Bauwerk hindurchzugehen, da ich einen enormen Druck auf meinen Schädel empfand. Im Dunkeln hatte ich die Sensoren einer Fledermaus und konnte das Vorhandensein eines Gegenstandes in zwölf Fuß Entfernung wahrnehmen, wobei ich ein eigenartiges Gefühl auf meiner Stirn hatte. Mein Puls schwankte zwischen gering und 260 Schlägen und alle Fasern meines Körpers zitterten, zuckten und bebten, was nur schwer zu ertragen war. Ein bekannter Arzt, der mir täglich große Dosen von Brom und Kalium verordnete, nannte meine Krankheit einzigartig und unheilbar.

Ich werde es stets bedauern, dass ich damals nicht unter der Beobachtung von Experten der Physiologie und der Psychologie stand. Ich klammerte mich verzweifelt an das Leben, erwartete aber niemals eine Heilung. Kann irgend jemand sich vorstellen, dass ein so hoffnungsloses körperliches Wrack jemals in einen Mann von erstaunlicher Stärke und Zähigkeit verwandelt werden könnte, der 38 Jahre fast ohne einen Tag Unterbrechung arbeiten kann und sich stark und frisch an Körper und Geist fühlt? Bei mir ist das der Fall. Ein starker Lebenswille und die Entschlossenheit, die Arbeit fortzusetzen, zudem die Unterstützung eines engagierten Freundes bewirkten das Wunder. Meine Gesundheit kehrte zurück und mit ihr die geistige Frische. Ich nahm das Problem erneut in Angriff und bedauerte es fast, dass der Kampf schon bald zu einem Ende kam. Ich hatte so viel Energie einzusetzen. Als ich die Aufgabe in Angriff nahm, hatte ich nicht die Entschlossenheit, die Männer häufig haben. In meinem Fall war es ein heiliger Schwur, eine Frage auf Leben und Tod. Ich wusste, dass ich untergehen würde, wenn ich keinen Erfolg haben würde. Jetzt fühlte ich, dass die Schlacht gewonnen war. Tief im Inneren meines Gehirns lag die Lösung verborgen, aber ich konnte ihr noch nicht Ausdruck verleihen. An einem Nachmittag, der immer in meiner Erinnerung bleiben wird, machte ich einen Spaziergang im City Park und rezitierte Gedichte. In dem Alter kannte ich ganze Bücher auswendig, Wort für Wort. Eines davon war Goethes Faust. Die Sonne ging langsam unter und erinnerte mich an die brillante Passage:

„Sie rückt und weicht, der Tag ist überlebt,
Dort eilt sie hin und fördert neues Leben.
Oh, dass kein Flügel mich vom Boden hebt
Ihr nach und immer nach zu streben!
Ein schöner Traum, indessen sie entweicht,
Ach, zu des Geistes Flügeln wird so leicht
Kein körperlicher Flügel sich gesellen!“

Als ich diese inspirierenden Worte sprach, kam die Idee wie ein Blitz daher und augenblicklich quoll die Wahrheit hervor. Ich malte mit einem Stock die Diagramme in den Sand, die ich sechs Jahre später in meiner Rede vor dem „American Institute of Electrical Engineers“ gehalten habe, und mein Begleiter verstand sie genau. Die Bilder, die ich sah, waren wundervoll scharf und klar und sie hatten die Festigkeit von Metall und Stein, und zwar derart, dass ich ihm sagte: *„Sieh meinen Motor hier.“* Ich kann meine Empfindungen nicht beschreiben. Ein wieder zum Leben erweckter Pygmalion hätte nicht bewegter sein können, als er seine Statue sah. Tausend Geheimnisse der Natur, über die ich zufälligerweise hätte stolpern können, hätte ich eingetauscht für das eine, das ich ihr gegen alle Widerstände und unter der Gefahr meines Lebens entrissen habe.

KAPITEL 4
Die Entdeckung der Teslaspule und des Transformators

Für einige Zeit gab ich mich vollkommen dem Hochgefühl hin, mir Maschinen vorzustellen und neue Formen zu entwickeln. Es war ein geistiger Zustand des Glücks in einer Vollkommenheit, wie ich ihn bisher in meinem Leben noch nicht erlebt hatte. Ich hatte permanent strömende Ideen, das einzige Problem war, sie auch festzuhalten. Die Teile der Apparate, die ich erdachte, waren absolut real in allen Einzelheiten, ich konnte sie sogar berühren und sie zeigten sogar feinste Spuren und Zeichen der Abnutzung. Ich erfreute mich daran, mir die Motoren stets laufend vorzustellen, denn in diesem Zustand boten sie dem geistigen Auge einen faszinierenderen Anblick. Wenn natürliche Neigung sich zu einem passionierten Wunsch steigert, bewegt man sich in Sieben-Meilen-Stiefeln seinem Ziel entgegen. In weniger als zwei Monaten entwickelte ich praktisch alle Typen von Motoren und deren Abwandlungen, die man heute mit meinem Namen verbindet. Es war vielleicht schicksalhaft, dass die existenziellen Notwendigkeiten einen vorübergehenden Stopp dieser aufreibenden mentalen Aktivitäten erforderten. Ich kam infolge eines vorzeitigen Berichtes bezüglich der Telefongesellschaft nach Budapest und wie die Ironie des Schicksals es wollte, musste ich die Stellung eines Zeichners im „Central Telegraph Office" der ungarischen Regierung annehmen, und zwar mit einem Gehalt, das ich nicht unbedingt preisgeben möchte. Glücklicherweise wurde der Oberinspektor auf mich aufmerksam und ich wurde daraufhin in die Abteilung Berechnungen, Konstruktion und Planung neuer Anlagen versetzt, und zwar bis das Fernamt seinen Betrieb aufnahm, dessen Leitung mir übertragen wurde. Die Kenntnisse und die praktische Erfahrung, die ich im Laufe dieser Arbeit gewann, waren sehr wertvoll und die Tätigkeit gab mir viele Möglichkeiten zur Anwendung meiner entwicklungstechnischen Fähigkeiten. Ich führte verschiedene Verbesserungen bei der Technik des Hauptamtes ein und perfektionierte den Telefonverstärker, der nie patentiert oder öffentlich beschrieben wurde, der aber immer noch auf mich zurückgeht, sogar heute noch. In Anerkennung meiner tatkräftigen Assistenz bot mir der Leiter des Unternehmens, Mr. Puskas, eine Stelle in Paris an, die ich dankend annahm.

Ich werde nie den tiefen Eindruck vergessen, den diese magische Stadt auf mich machte. Mehrere Tage lang durchstreifte ich die Straßen in ehrfürchtiger Bewunderung dieser großen Metropole. Die Attraktionen waren vielfältig und unwiderstehlich, das Gehalt jedoch ausgegeben, sobald ich es erhalten hatte. Als Mr. Puskas mich fragte, wie ich denn in der neuen Umgebung zurechtkomme, beschrieb ich die Situation korrekt mit der Aussage, dass die letzten 29 Tage des Monats die schwersten seien. Ich führte ein ziemlich anstrengendes Leben, das man heute als „Roosevelt Stil" bezeichnen würde. Jeden Morgen, egal wie das Wetter war, ging ich vom Boulevard „St. Marcel", in dem ich wohnte, zu einem Badehaus an der Seine, sprang ins Wasser und schwamm 27 Runden, um dann den einstündigen Weg nach

Nikola Tesla liest vor einer riesigen Spule um das Jahr 1896 (Fotograf unbek., wikipedia, gemeinfreies Bild).

Ivry zurückzulegen, wo sich die Fabrik der Gesellschaft befand. Dort nahm ich dann um 7:30 Uhr ein Holzfäller-Frühstück ein und erwartete ungeduldig die Mittagszeit. In der Zeit dazwischen knackte ich harte Nüsse für den Manager des Werks, Mr. Charles Batchellor, der ein intimer Freund und Assistent von Edison war. Hier kam ich in Kontakt mit einigen Amerikanern, die mich wohl kaum sehr gern mochten, und zwar wegen meiner Könnerschaft im Billardspiel. Diesen Herren erläuterte ich meine Erfindung und einer von ihnen, Mr. D. Cunningham, der Leiter der mechanischen Abteilung, wollte gleich eine Aktiengesellschaft gründen. Der Vorschlag erschien mir extrem komisch. Ich hatte nicht die leiseste Ahnung, was das bedeutete, ich wusste nur, dass dies die amerikanische Art war, Dinge zu regeln. Daraus wurde aber nichts. In den folgenden Monaten musste ich zu mehreren Orten in Frankreich und Deutschland reisen, um die Wehwehchen der Kraftwerke zu heilen. Bei meiner Rückkehr nach Paris unterbreitete ich einem der Administratoren der Gesellschaft, Mr. Rau, einen Plan zur Verbesserung der Dynamos und er wurde angenommen. Mein Erfolg war durchschlagend und die entzückten Direktoren erwiesen mir die Ehre, automatische Regler zu entwickeln, die auch sehr benötigt wurden. Kurz darauf gab es einige Probleme mit der Beleuchtungsanlage des neu errichteten Bahnhofs in Straßburg im Elsass. Die Verkabelung war fehlerhaft. Während der Eröffnungszeremonien in Gegenwart des deutschen Kaisers Wilhelm I. explodierte ein großer Teil der Wandung infolge eines Kurzschlusses. Die deutsche Regierung lehnte daraufhin den Kauf einer solchen Anlage ab und die französische Gesellschaft erlitt einen beträchtlichen Verlust. Wegen meiner deutschen Sprachkenntnisse und vorheriger Erfahrungen wurde mir die schwierige Aufgabe übertragen, die Angelegenheit vor Ort zu regeln. Anfang 1883 ging ich nach Straßburg, um die Sache in Angriff zu nehmen.

Einige Vorfälle in dieser Stadt haben einen unauslöschlichen Eindruck in meiner Erinnerung hinterlassen. Durch einen eigenartigen Zufall lebten zu der Zeit einige Männer in Straßburg, die in der Folge zu Ruhm gelangten. Später im Leben pflegte ich zu sagen: *„In dieser alten Stadt ging der Berühmtheits-Bazillus um. Andere steckten sich an, ich aber entkam!“* Die praktische Arbeit, Korrespondenzen und Konferenzen mit Offiziellen hielten mich Tag und Nacht auf Trapp. Sobald es mir jedoch möglich war, nahm ich in einer Schlosserwerkstatt gegenüber dem Bahnhof die Konstruktion eines einfachen Motors in Angriff. Dafür hatte ich mir aus Paris einige Materialien mitgebracht. Die Vollendung des Experiments verzögerte sich jedoch bis zum Sommer des Jahres, als ich dann endlich die Befriedigung hatte, eine Rotation zu sehen, die durch Drehströme mit verschiedenen Phasen erzeugt wurde, und zwar ohne Schleifkontakte oder Kommutator, so wie ich es ein Jahr zuvor erdacht hatte. Es war eine exquisite Freude, jedoch nicht zu vergleichen mit der Euphorie bei der ersten Entdeckung.

Zu meinen neuen Freunden gehörte auch der frühere Bürgermeister der Stadt, Mr. Bauzin, den ich bereits teilweise mit dieser und anderen meiner Erfindungen bekannt gemacht hatte und dessen Unterstützung ich zu erhalten suchte. Er war aufrichtig begeistert und unterbreitete das Projekt verschiedenen reichen Leuten, fand aber zu meiner großen Enttäuschung keine Unterstützer. Er wollte mir in jeder Hinsicht helfen und der nahende 1. Juli 1919 erinnert mich an die Art der „Unterstützung" dieses charmanten Herrn, die nicht finanzieller Natur war, aber trotzdem nicht weniger willkommen. Als die Deutschen 1870 das Land überfielen, hatte Mr. Bauzin eine beträchtliche Menge von „St. Estephe" des Jahrgangs 1801 vergraben und kam zu dem Entschluss, dass er keine würdigere Person als mich kannte, der er diesen edlen Tropfen zukommen lassen wolle. Dies ist, möchte ich sagen, einer der unvergesslichen Vorkommnisse, die ich weiter oben erwähnt habe. Mein Freund drängte mich, nach Paris zurückzukehren und dort Hilfe zu suchen. Ich war bestrebt, dies zu tun, aber meine Arbeit und meine Verhandlungen zogen sich auf Grund aller möglichen kleinlichen Hindernisse, denen ich mich gegenüber sah, länger hin, so dass die Situation zeitweise hoffnungslos erschien.

Um einmal eine Vorstellung von deutscher Gründlichkeit zu geben, will ich hier eine amüsante Begebenheit schildern. In der Eingangshalle sollte eine Lampe angebracht werden. Nach der Festlegung des Standortes beauftragte ich den Elektriker, die Leitungen zu verlegen. Nachdem er einige Zeit gearbeitet hatte, meinte er, dass der Ingenieur eingeschaltet werden müsste, was dann auch getan wurde. Dieser hatte verschiedene Einwendungen, aber schließlich stimmte er zu, dass die Lampe zwei Zoll von der Stelle postiert werden sollte, die ich vorher festgelegt hatte, worauf die Arbeiten fortgesetzt wurden. Dann bekam der Ingenieur kalte Füße und sagte mir, dass Inspektor Averbeck eingeschaltet werden sollte. Diese wichtige Person kam, untersuchte, debattierte und entschied, dass die Lampe zwei Zoll zurück verlegt werden sollte, und das war die Stelle, die ich ursprünglich festgelegt hatte. Es dauerte jedoch nicht lange, bis Averbeck wiederum kalte Füße bekam und mich dann informierte, dass er Oberinspektor Hieronimus eingeschaltet hatte und ich seine Entscheidung abwarten müsse. Es dauerte mehrere Tage, bis der Oberinspektor sich von anderen dringenden Aufgaben freimachen konnte, aber schließlich erschien er, worauf eine zweistündige Debatte folgte, nach der er entschied, die Lampe zwei Zoll weiter zu platzieren. Meine Hoffnung, dass dies das letzte Wort in dieser Angelegenheit sei, wurde jäh zerschlagen, als der Oberinspektor zurückkehrte und mir erklärte: „Regierungsrat Funke nimmt alles so peinlich genau, dass ich es nicht wagen würde, eine Entscheidung über den Standort der Lampe ohne seine Zustimmung zu fällen.“ Dementsprechend wurden Vorkehrungen für den Besuch dieses großen Mannes getroffen. Wir begannen früh am Morgen mit dem Putzen und den Reinigungsarbeiten. Jeder half dabei, ich zog meine Handschuhe an, und als Funke mit seinem Gefolge kam, wurde er in aller Form zeremoniell empfangen. Nach zwei Stunden, ausgefüllt mit Firlefanz, erklärte er plötzlich: „Ich muss jetzt gehen,“ und zeigte auf den Punkt an der Decke, wo die Lampe angebracht werden sollte. Es war genau die Stelle, die ich ursprünglich dafür vorgesehen hatte.

So ging es mit Variationen Tag für Tag weiter, aber ich war entschlossen, egal um welchen Preis, mein Ziel zu erreichen. Letztendlich wurden meine Bemühungen belohnt. Im Frühjahr 1884 waren alle Differenzen ausgeräumt und die Anlage formell abgenommen. Ich kehrte mit freudigen Erwartungen nach Paris zurück. Einer der Administratoren hatte mir für den Fall des Erfolges eine großzügige Prämie zugesagt, ebenso eine angemessene Vergütung für die Verbesserungen, die ich für die Dynamos gemacht hatte, und ich hoffte auf eine entsprechende Summe. Es gab aber drei Administratoren, die ich der Einfachheit halber A, B und C nennen möchte. Wenn ich mit A sprach, sagte er, dass B das Sagen habe. Dieser Herr glaubte, dass nur C entscheiden könne, und Letzterer war sich ganz sicher, dass A alleine die Macht zu entscheiden hätte. Nach mehreren Runden dieses Teufelskreises dämmerte es mir allmählich, dass meine mir versprochene Belohnung ein spanisches Luftschloss war. Der vollkommene Fehlschlag meiner Versuche, Kapital für die Entwicklung des Drehstrommotors zu bekommen, war eine weitere Enttäuschung und als Mr. Batchellor mich drängte, nach Amerika zu gehen, um die Edison-Maschinen neu zu konstruieren, beschloss ich, mein Glück im Land der unbeschränkten Möglichkeiten zu versuchen. Aber die Chance war fast vertan. Ich machte meine bescheidenen Mittel flüssig, sicherte mir eine Unterkunft und fand mich auf dem Bahnhof wieder, als der Zug gerade abfuhr. In diesem Augenblick bemerkte ich, dass mein Geld und meine Tickets weg waren. Was tun, das war jetzt die Frage. Herkules hatte jede Menge Zeit zum Nach-

Seite 1 des Reisepasses von Nikola Tesla aus dem Jahre 1883 (Technikmuseum Zagreb, wikipedia, gemeinfr. B.).

denken, ich jedoch musste eine Entscheidung treffen, während ich mit widersprüchlichen Gefühlen, die in meinem Kopf wie Kondensator-Oszillatoren brannten, neben dem Zug her lief. Entschlossenheit, verbunden mit Gewandtheit, siegte im richtigen Augenblick und nachdem ich die üblichen unerfreulichen Formalitäten hinter mich gebracht hatte, gelang es mir, mich mit dem Rest meiner Habseligkeiten nach New York einzuschiffen. Bei mir hatte ich den Rest meiner Habseligkeiten: einige Gedichte und Artikel, die ich geschrieben hatte, und einen Stapel von Berechnungen bezüglich der Lösungswege für ein unlösbares Integral meiner Flugmaschine.

Während der Fahrt saß ich meistens am Heck des Schiffes und hielt nach einer Gelegenheit Ausschau, jemanden vor einem nassen Grab zu bewahren, ohne den leisesten Gedanken an eine Gefahr. Später, als ich mich der praktischen amerikanischen Lebenseinstellung etwas angepasst hatte, schauderte ich, wenn ich daran dachte, und wunderte mich über meine damalige Torheit. Ich wünschte, ich könnte meine ersten Eindrücke über dieses Land in Worte fassen. In den arabischen Märchen habe ich gelesen, wie Feen Leute in das Land der Träume beförderten, um sie dort wunderbare Abenteuer erleben zu lassen. Mein Fall war gerade umgekehrt. Die Feen hatten mich vom Land der Träume in die Wirklichkeit gebracht. Was ich zurückließ, war schön, kunstvoll und faszinierend in jeder Hinsicht, was ich hier sah, war maschinenhaft, roh und unattraktiv. Ein vierschrötiger Polizist wirbelte seinen Stock herum, der für mich so groß wie ein Holzklotz aussah. Ich näherte mich ihm höflich, um ihn nach dem Weg zu fragen. „Sechs Häuserblocks weiter, dann nach links," sagte er mit einem Blick, als wollte er mich ermorden. „Ist dies Amerika?", fragte ich mich in schmerzhafter Überraschung. „Es ist ein Jahrhundert in Bezug auf seine Zivilisation hinter Europa zurück." Als ich im Jahre 1889 ins Ausland ging – fünf Jahre sind seit meiner Ankunft hier vergangen – habe ich die Überzeugung gewonnen, dass es Europa mehr als ein Jahrhundert VORAUS ist, und nichts ist seitdem geschehen, meine Ansicht zu ändern.

Die Begegnung mit Edison war ein denkwürdiges Ereignis in meinem Leben. Ich war erstaunt über diesen wundervollen Mann, der ohne frühe Förderung und wissenschaftliche Ausbildung so viel erreicht hatte. Ich habe ein Dutzend Sprachen gelernt, mich in Literatur und Kunst vertieft, hatte meine besten Jahre in Bibliotheken verbracht, um allerlei mögliches Zeug zu lesen, das mir unter die Finger kam, von Newtons „Principia" bis zu den Novellen von Paul de Kock und hatte das Gefühl, dass ich einen großen Teil meines Lebens verschwendet hatte. Aber es dauerte nicht lange, bis ich erkannte, dass es das Beste war, das ich getan hatte. Innerhalb weniger Wochen hatte ich das Vertrauen Edisons gewonnen, und das kam so:

Auf der „S. S. Oregon", dem schnellsten Passagierdampfer jener Zeit, waren beide Lichtmaschinen ausgefallen und seine Abfahrt verzögerte sich. Da die Aufbauten nach deren Installation gemacht wurden, war es unmöglich, sie von ihrem Fundament zu lösen. Es war eine ernste, missliche Lage und Edison war sehr verärgert. Abends nahm ich die notwendigen Instrumente mit an Bord des Schiffes und blieb über Nacht. Die Dynamos waren in schlechtem Zustand, mit mehreren Kurzschlüssen und Unterbrechungen, aber mit Hilfe der Bordtechniker gelang es mir, sie in einen guten Zustand zu bringen. Um 5.00 Uhr morgens, als ich die Fifth Avenue auf meinem Weg zur Werkstatt entlang ging, traf ich Edison mit Batchellor und einigen Anderen, die auf ihrem Nachhauseweg waren. „Unser Pariser, der hier durch die Nacht läuft", sagte er. Als ich ihm erzählte, dass ich von der „Oregon" käme und beide Maschinen repariert hätte, sah er mich schweigend an und ging weiter, ohne ein weiteres Wort zu sagen. Als er aber ein Stück entfernt war, hörte ich seine Bemerkung: „Batchellor, dies ist ein verdammt guter Mann." - Seit dieser Zeit hatte ich freie Hand, die Arbeit zu organisieren. Für fast ein Jahr war meine reguläre Arbeitszeit von 10.30 Uhr morgens bis 5.00 Uhr morgens am folgenden Tag, ohne einen Tag Pause. Edison sagte zu mir: „Ich hatte bisher viele hart arbeitende Assistenten, aber Sie sind das Sahnehäubchen." Während dieser Zeit konstruierte ich 24 verschiedene Typen von Standardmaschinen mit kurzen Kernen und von einheitlichem Grundmuster, welche die alten ersetzten. Der Manager hatte mir 50.000 Dollar bei Fertigstellung dieser Aufgabe versprochen, aber es entpuppte sich nur als ein Witz. Das war für mich ein schmerzhafter Schock und ich kündigte.

Unmittelbar darauf traten einige Leute mit dem Vorschlag an mich heran, eine Beleuchtungsgesellschaft unter meinem Namen zu gründen, und ich stimmte zu. Hier war schließlich eine Gelegenheit, den Motor zu entwickeln, aber als ich meinen neuen Gesellschaftern die Sache vorstellte, sagten sie: „Nein, wir wollen die Bogenlampe. Die Geschichte mit ihrem Wechselstrom interessiert uns nicht.“ Im Jahre 1886 wurde mein System der Lichtbogenbeleuchtung perfektioniert und für Fabrik- und Straßenbeleuchtung zugelassen. Ich war frei, jedoch mit nichts anderem in der Hand als einem wunderschön gedruckten Aktienzertifikat von rein hypothetischem Wert. Dann folgte eine Zeit des Ringens mit einem neuen Medium, für das ich nicht geeignet war. Der Erfolg stellte sich schließlich im April 1887 ein: Die „Tesla Electric Company“ war aufgebaut, mit Laboratorien und Einrichtungen. Die Motoren, die ich dort herstellte, waren genauso, wie ich sie mir vorgestellt hatte. Ich machte keine Anstalten, die Konstruktion zu ändern, sondern reproduzierte die Bilder, die ich im Kopf hatte. Der Betrieb war immer so, wie ich es mir erdacht hatte.

Anfang des Jahres 1888 gab es eine Übereinkunft mit der „Westinghouse Company“ für die Produktion der Motoren in großem Stil. Aber es mussten noch große Schwierigkeiten ausgeräumt werden. - Mein System basierte auf dem Einsatz von Niederfrequenzströmen, während die Experten von Westinghouse 133 Hertz gewählt hatten, um bei der Transformation des Stromes Vorteile zu haben. Sie wollten nicht von ihren Standards abweichen, während meine Bemühungen darauf gerichtet waren, den Motor an diese Bedingungen anzupassen. Eine weitere Schwierigkeit war, einen Motor herzustellen, der bei dieser Frequenz mit zwei Phasen wirtschaftlich lief, was wirklich nicht einfach zu erreichen war.

Am Ende des Jahres 1889 waren meine Dienste in Pittsburgh jedoch nicht länger erforderlich. Ich kehrte nach New York zurück und nahm die Laboratoriumsversuche in der „Grand Street“ wieder auf. Dort begann ich sofort mit der Konstruktion von Hochfrequenzmaschinen. - Die Probleme der Konstruktion auf diesem unerforschten Gebiet waren neu und von besonderer Art, ich sah mich vielen Schwierigkeiten gegenüber. Ich lehnte die Induktionsbauweise ab, da ich die Befürchtung hatte, dass sie keine perfekten Sinuskurven erzeugen könnte, die für die Resonanz so wichtig waren. Wäre es nicht darum gegangen, hätte ich mir einen Großteil der Arbeit ersparen können. - Eine andere entmutigende Charakteristik der Hochfrequenzwechselstrommaschine schien die schwankende Drehzahl zu sein, die ernsthafte Beschränkungen ihres Einsatzes zur Folge hatte. Ich hatte bereits bei meinen Vorführungen vor der „American Institution of Electrical Engineers“ festgestellt, dass die Maschine mehrfach außer Takt geriet, was eine erneute Anpassung erforderlich machte. Ich hatte noch nicht vorhergesehen, was ich erst viel später entdeckte, dass nämlich ein Mittel zum Betrieb einer solchen Maschine mit einer derart konstanten Drehzahl erforderlich wäre, das die Schwankungen im Bereich eines Bruchteils einer Umdrehung zwischen den Extremen der Belastung halten würde.

Auch aus vielen anderen Erwägungen erschien es wünschenswert, eine einfachere Vorrichtung zur Kontrolle der Frequenzschwankungen zu entwickeln. Im Jahre 1856 hatte Lord Kelvin die Theorie der Kondensatorentladungen aufgestellt, aber es folgte keine praktische Anwendung dieser wichtigen Erkenntnis. Ich erkannte die Möglichkeiten und entwickelte einen Induktionsapparat, der auf diesem Prinzip beruhte. Mein Fortschritt war so schnell, dass ich bei meinem Vortrag im Jahre 1891 bereits eine Spule vorstellen konnte, die eine fünf Zoll lange Funkstrecke erzeugte. Auch konnte ich den Ingenieuren freimütig von einem Defekt bei der Transformation mit der neuen Methode berichten, nämlich dem Verlust von Funkstrecke. Nachfolgende Untersuchungen haben ergeben, dass, egal welches Mittel man einsetzt, sei es Luft, Wasserstoff, Quecksilberdampf, Öl oder ein Elektronenstrom, der Effekt immer der gleiche ist. Es handelt sich um ein Gesetz, ähnlich dem mechanischen Energieäquivalent. Wir können ein Gewicht aus einer bestimmten Höhe fallen lassen oder es zu diesem niedrigeren Niveau - wie auch immer - tragen, der Arbeitsaufwand ist immer der gleiche. Glücklicherweise ist dieser Nachteil jedoch nicht gravierend, da bei entsprechender Auslegung des Resonanzkreises ein Wirkungsgrad von 85 % erreichbar ist. Seit meiner früheren Ankündigung der Erfindung ist sie international gebräuchlich geworden und hat in vielen Abteilungen eine Revolution hervorgerufen. Aber ihr steht noch eine größere Zukunft bevor. Als ich 1901 leistungsstarke Entladungen von 100 Fuß erreichte und eine Ladung um die ganze Erde schicken konnte, wurde ich an meine winzige Entladung in meinem Laboratorium in der „Grand Street“ erinnert, die in mir eine Begeisterung erzeugte, gleich der, die ich hatte, als ich das rotierende Magnetfeld entdeckte.

KAPITEL 5
Der Funkverstärker

Wenn ich die Ereignisse meines bisherigen Lebens Revue passieren lasse, dann beobachte ich, wie subtil die Einflüsse sind, die unser Schicksal bestimmen. Ein Ereignis aus meiner Jugend soll hier als Beispiel gelten. An einem Wintertag bestieg ich zusammen mit anderen Jungen einen steilen Berg. Es lag tiefer Schnee und ein warmer Südwind war angenehm für einen Aufenthalt im Freien. Wir vergnügten uns mit dem Werfen von Schneebällen, die eine gewisse Strecke den Berg hinab rollten und dabei mehr und mehr Schnee aufnahmen. Wir versuchten uns gegenseitig bei diesem aufregenden Sport zu übertreffen. Plötzlich sah man einen Ball alle bisherigen Grenzen überschreiten. Er gewann enorme Proportionen, bis er schließlich die Größe eines Hauses erreichte und mit einer Gewalt ins Tal hinab donnerte, die den Boden erzittern ließ. Ich schaute fasziniert zu, ohne zu verstehen, was da gerade vor sich ging.

Wochenlang hatte ich das Bild der Lawine vor meinen Augen und fragte mich, wie ein so kleines Ding solch immense Ausmaße annehmen konnte. Seit dieser Zeit faszinierte mich das Wachstum von kleinsten Aktionen und als ich Jahre später mit mechanischer und elektrischer Resonanz experimentiert, war ich von Anfang an stark interessiert. Wäre da nicht dieses beeindruckende Ereignis in meiner Kindheit gewesen, hätte ich möglicherweise nicht diesen kleinen Funken, den ich mit meiner Spule erzielte, weiter verfolgt und meine beste Erfindung entwickelt, deren wahre Geschichte ich hier erstmalig erzählen möchte.

Prominentenjäger, sogenannte „Lionhunter", haben mich oft gefragt, welche meiner Erfindungen ich am höchsten einschätze. Dies hängt jedoch vom Standpunkt ab. Nicht wenige Männer der Technik, höchst begabt auf ihrem speziellen Fachgebiet, aber kurzsichtig und kleingeistig, haben behauptet, dass ich außer dem Induktionsmotor der Welt wenig von praktischem Nutzen gegeben habe. Dies ist ein grober Fehler. Eine neue Idee sollte nicht nach ihren unmittelbaren Ergebnissen beurteilt werden. Mein Wechselstromsystem der Kraftübertragung kam im psychologisch günstigen Moment als lang gesuchte Antwort auf drängende industrielle Fragen und obwohl beträchtlicher Widerstand überwunden werden musste und gegenläufige Interessen auf einander abzustimmen waren, konnte, wie üblich, die kommerzielle Einführung nicht lange hinausgezögert werden. Vergleichen wir nun beispielsweise diese Situation mit jener, der sich meine Maschine gegenüber sah. Man sollte glauben, dass eine so einfache und wunderbare Erfindung, die alle Voraussetzungen eines idealen Motors enthält, in der Regel sofort angenommen würde und unter normalen Voraussetzungen wäre das auch der Fall gewesen. Doch die vorhersehbare Wirkung eines rotierenden Feldes würde vorhandene Maschinen nicht wertlos machen, sondern ganz im Gegenteil, würden sie dadurch einen zusätzlichen Wert erhalten. Das System selbst führt ebenso zu neuen Unternehmungen wie es zur Verbesserung der alten beiträgt. Meine Maschine ist ein Fortschritt in dem Sinne, dass ihr Erfolg eine radikale Abkehr von antiquierten Antriebssystemen war, in die Milliarden von Dollar investiert worden sind. Unter solchen Vorbedingungen muss der Fortschritt langsam sein und das größte Hindernis, dem man sich gegenüber sieht, sind die Vorurteile in den Köpfen der organisierten Opposition.

Erst kürzlich hatte ich eine entmutigende Erfahrung, als ich meinen alten Freund und früheren Mitarbeiter Charles F. Scott, jetzt Professor für Elektrotechnik in Yale, traf. Ich hatte ihn lange Zeit nicht gesehen und freute mich über die Gelegenheit zu einer kleinen Plauderei in meinem Büro. Unser Gespräch führte natürlich zu meinem Motor und ich wurde schnell sehr hitzig. „Scott“, rief ich aus, mitgerissen von meiner Vision einer glorreichen Zukunft, „mein Motor wird alle Wärmekraftmaschinen der Welt verschrotten.“ Scott strich sich über das Kinn und schaute gedankenvoll in eine andere Richtung. „Das wird einen recht großen Schrotthaufen ergeben,“ sagte er und ging wortlos davon!

Diese und andere meiner Erfindungen waren jedoch nichts weiter als Schritte in gewisse Richtungen. Indem ich sie entwickelte, folgte ich einfach dem angeborenen Instinkt, die vorhandenen Geräte zu verbessern, ohne speziell an die weit wichtigeren Notwendigkeiten zu denken. Der „Funkverstärker“ war das Ergebnis einer sich über Jahre erstreckenden Arbeit, deren Hauptziel die Lösung von Problemen war, die für die Menschheit unendlich viel wichtiger waren als die bloße industrielle Entwicklung.

Wenn ich mich recht erinnere, war es im November 1890, dass ich einen Laboratoriumsversuch machte, der einer der außergewöhnlichsten und spektakulärsten war, der jemals in den Annalen der Wissenschaft verzeichnet wurde. Beim Untersuchen des Verhaltens von Hochfrequenzströmen hatte ich die Genugtuung, dass man ein elektrisches Feld von ausreichender Stärke in einem Raum erzeugen konnte, um mit diesem elektrodenlose Vakuumröhren zum Leuchten zu bringen. Dementsprechend wurde ein Transformator gebaut, um die Theorie zu überprüfen, und der erste Versuch war ein voller Erfolg. Es ist nur schwer nachzuvollziehen, was jene seltsamen Phänomene zur damaligen Zeit bedeuteten. Wir suchen nach neuen Sensationen, aber verlieren schnell das Interesse daran. Die Wunder von gestern sind heute alltägliche Erscheinungen. Als meine Röhren erstmalig öffentlich gezeigt wurden, betrachtete man sie mit Erstaunen und es war nicht möglich, sie zu beschreiben. Aus allen Teilen der Welt erhielt ich dringende Einladungen und zahllose Ehrungen sowie andere schmeichelhaften Ehrerweisungen, die ich allesamt ablehnte.

Aber im Jahre 1892 wurden die Forderungen drängender und ich ging nach London, wo ich einen Vortrag vor der „Institution of Electrical Engineers" hielt. Ich beabsichtigte, sofort nach Paris in gleicher Mission weiter zu reisen, aber Sir James Dewar bestand auf meinem Erscheinen vor der „Royal Institution". Ich war zwar ein Mensch fester Entschlüsse, erlag aber leicht den starken Argumenten des großen Schotten. Er drückte mich in einen Sessel und schenkte ein halbes Glas einer wundervollen braunen Flüssigkeit ein, die in allen möglichen Farben schillerte und wie Nektar schmeckte. „Nun sitzen Sie in Faradays Sessel und genießen den Whisky, den er immer trank," sagte er. In beiderlei Hinsicht war es eine beneidenswerte Erfahrung. Am nächsten Abend gab ich eine Vorführung vor der Institution, an deren Ende Lord Rayleigh sich mit hochherzigen Worten an das Publikum wandte, welche den Auftakt zu einer wahren Huldigungsorgie bildeten. Ich floh aus London und später aus Paris, um den Huldigungen und Ehrungen zu entkommen, die sich über mich ergossen, und reiste nach Hause, wo ich dann eine sehr schmerzhafte Prüfung und Krankheit durchlebte. Nach meiner Genesung entwickelte ich Pläne für die Fortsetzung meiner Arbeiten in Amerika. Bis zu dieser Zeit habe ich nie gedacht, dass ich ein besonderes Talent für Entdeckungen hätte, doch Lord Rayleigh, den ich immer als idealen Wissenschaftler betrachtet hatte, behauptete es. Wenn er Recht haben sollte, so sagte mir mein Gefühl, sollte ich mich auf eine große Sache konzentrieren.

Als ich eines Tages in den Bergen wanderte, suchte ich Schutz vor einem aufkommenden Sturm. Der Himmel verdunkelte sich mit schweren Wolken, aber irgendwie hielt sich der Regen zurück, bis plötzlich ein Blitz aufzuckte und der Himmel seine Schleusen öffnete. Diese Beobachtung brachte mich zum Nachdenken. Es war klar, dass zwei Phänomene als Ursache und Wirkung eng miteinander in Verbindung standen und als ich darüber nachdachte, gelangte ich zu der Erkenntnis, dass die für die Auslösung des Wassersturzes erforderliche elektrische Energie unbeträchtlich war, die Funktion des Blitzes jedoch wie ein empfindlicher Auslöser wirkte.

Hier taten sich enorme Entwicklungsmöglichkeiten auf. Wenn es möglich wäre, elektrische Effekte in erforderlichem Ausmaß zu erzeugen, könnte dieser ganze Planet samt der Bedingungen seiner Existenz geändert werden. Die Sonne lässt das Wasser der Meere aufsteigen und Winde tragen es in entfernte Regionen, wo es dann in einem Zustand eines höchst prekären Gleichgewichts verbleibt. Stünde es in unserer Macht, hier regulierend einzugreifen, könnte dieser gewaltige, lebenserhaltende Strom nach unserm Willen kontrolliert werden. Wir könnten dürre Wüsten bewässern, Seen und Flüsse erschaffen und Antriebsenergie in unbegrenzter Menge erzeugen. Dies wäre der effizienteste Weg, die Sonne zum Wohle des Menschen nutzbar zu machen. Die Umsetzung hängt von unserer Fähigkeit ab, elektrische Größenordnungen wie die der Natur zu entwickeln. Dies schien ein hoffnungsloses Unterfangen zu sein, aber ich habe mich dazu entschlossen, es zu versuchen. Gleich nach meiner Rückkehr in die Vereinigten Staaten im Jahre 1892 begann die Arbeit, die für mich umso attraktiver war, als ein Aufwand gleicher Art für die erfolgreiche Übertragung von drahtloser Energie erforderlich war.
Das erste erfreuliche Ergebnis wurde im Frühjahr des darauf folgenden Jahres erzielt, als ich mit meiner konischen Spule etwa 1.000.000 Volt erreichte. Das war im Lichte der heutigen Technik nicht viel, aber damals war das ein Ereignis. Ein steter Fortschritt wurde erreicht, bis ein Feuer mein Laboratorium im Jahre 1895 zerstörte, das in einem Artikel von T. C. Martin in der Aprilausgabe des „Century Magazine“ beschrieben wurde. Dieses Ereig-

nis warf mich in vielerlei Hinsicht zurück und der größte Teil des betreffenden Jahres war mit Planung und Wiederaufbau ausgefüllt. Sobald die Umstände es erlaubten, kehrte ich zu meiner Aufgabe zurück.

Obwohl ich wusste, dass höhere Spannungen mit größeren Apparaten erreichbar waren, hatte ich instinktiv die Vorstellung, dass das Ziel mit der Konstruktion eines vergleichsweise kleinen kompakten Transformators erreicht werden könnte. Bei weiteren Tests mit der Sekundärseite in der Form einer Flachspirale, wie ich sie in meinen Patenten dargestellt habe, überraschte mich das Fehlen von Isolierstreifen. Es dauerte nicht lange, bis ich erkannte, dass dies eine Folge der Lage der Windungen und ihrer gegenseitigen Beeinflussung war. Indem ich meine Lehre aus dieser Beobachtung zog, setzte ich ein Hochspannungskabel mit Windungen von beträchtlichem Durchmesser in genügendem Abstand ein, um die verteilte Kapazität niedrig zu halten, während gleichzeitig damit die Ansammlung übermäßiger Ladung an einem Punkt verhindert wurde. Die Anwendung dieses Prinzips ermöglichte es mir, Spannungen von 4.000.000 Volt zu erzeugen, was in etwa das erreichbare Limit in meinem neuen Laboratorium in der „Houston Street" war, da die Entladungen eine Länge von 16 Fuß erreichten. Ein Foto dieses Transmitters wurde im November 1898 im „Electrical Review" veröffentlicht.

Um weiter in dieser Richtung voran zu kommen, musste ich ins Freie gehen, und nachdem ich im Frühjahr 1899 die Vorbereitungen zur Errichtung eines Funksenders vollendet hatte, ging ich nach Colorado, wo ich dann für mehr als ein Jahr blieb.

Tesla in seinem Labor in Colorado Springs 1899 (Foto: Dickenson V. Alley, wikipedia, Creativ Commons 4.0).

Hier führte ich weitere Verbesserungen und Verfeinerungen ein, die es mir ermöglichten, Ströme mit jeder gewünschten Spannung zu erzeugen. Diejenigen, die interessiert sind, finden Informationen bezüglich meiner Experimente in meinem Artikel „Das Problem des steigenden menschlichen Energiebedarfs" im „Century Magazine" vom Juni 1900, auf den ich schon bei früherer Gelegenheit hingewiesen habe.

Vom „Electrical Experimenter" bin ich gebeten worden, diese Sache ausführlicher darzustellen, so dass die jungen Freunde unter den Lesern der Zeitschrift deutlich die Bauweise und den Betrieb meines Funkverstärkers und seines Zweckes verstehen können. Es geht also um einen Resonanzumformer, passend für jede Frequenz von einigen bis zu vielen tausend Hertz. Er kann zu der Herstellung von Strömen enormen Ausmaßes und von bescheidenem Druck oder von kleinerer Amperestärke und von immenser elektromotiver Kraft eingesetzt werden. Die maximale elektrische Spannung ist lediglich abhängig von der Formgebung der Oberflächen, auf denen die aufgeladenen Elemente sich befinden, und dem Bereich des letzteren.

Betrachtet man meine bisherigen Erfahrungen, so sind bis zu 100 Millionen Volt durchaus praktikabel. Andererseits können Ströme mit vielen tausend Ampere in der Antenne erreicht werden. Ein Sender von nur sehr bescheidenen Ausmaßen ist für solche Leistung erforderlich. Theoretisch reicht ein Terminal von weniger als 90 Fuß, um eine elektromotive Kraft dieses Ausmaßes zu erreichen, während für Antennen Ströme von 2.000 bis 4.000 Ampere bei normalen Frequenzen nur eine Größe von nicht mehr als 30 Fuß benötigen.

Im engeren Sinne ist dieser Funksender einer, in dem die Hertzwellenstrahlung im Vergleich zur gesamten Energie eine vollkommen vernachlässigbare Größe darstellt. Unter dieser Voraussetzung ist der Dämpfungsfaktor extrem klein und in der erhöhten Kapazität ist eine enorme Ladung gespeichert. Solch ein Kreis kann dann mit Impulsen irgendwelcher Art erregt werden, sogar mit Niederfrequenz, und er wird wie bei einem Wechselstromgenerator sinusförmige und stete Oszillationen erzeugen.

In der engeren Bedeutung des Begriffs handelt es sich um einen Resonanzumformer, der abgesehen von den erwähnten Fähigkeiten perfekt ausgelegt ist für die Welt mit ihren elektrischen Konstanten und Eigenschaften. Auf Grund seiner Bauart ist er hocheffizient und tauglich für die drahtlose Übertragung von Energie. Entfernungen haben absolut keine Bedeutung mehr, es gibt keine Abschwächung der Intensität der übertragenen Impulse. Es ist sogar möglich, die Wirkung mit der Entfernung vom Sender zu steigern, und zwar nach einer exakten mathematischen Gesetzmäßigkeit.

Diese Erfindung ist lediglich eine von mehreren innerhalb meines „Welt-Systems" der drahtlosen Übertragung, die ich bei meiner Rückkehr nach New York im Jahre 1900 zu kommerzialisieren begann. Der unmittelbare Zweck meiner Unternehmung wurde klar in einer technischen Darstellung jener Zeit erklärt, aus der ich zitiere: „Das Welt-System ist das Ergebnis aus einer Kombination verschiedener Entdeckungen, die der Erfinder im Rahmen langer und fortgesetzter experimenteller Forschung gemacht hat. Es ermöglicht nicht nur die unmittelbare und präzise drahtlose Übertragung jeglicher Art von Signalen, Botschaften oder Zeichen in alle Teile der Welt, sondern auch die Verbindung von existierenden Signalstationen von Telefon und Telegraf, ohne deren gegenwärtige Ausrüstungen verändern zu müssen. Damit kann ein Telefonkunde hier mit jedem anderen Telefonkunden irgendwo auf der Welt telefonieren. Ein nicht teurer Empfänger, nicht größer als eine Uhr, erlaubt ihm überall, an Land und auf See, eine übertragene Rede zu hören oder auch Musik, die an irgendeinem Ort gespielt wird, egal wie weit entfernt er ist." Diese Beispiele werden nur zitiert, um eine Vorstellung von diesem großen wissenschaftlichen Fortschritt zu vermitteln, der Entfernungen bedeutungslos werden lässt und der diesen perfekten Leiter, die Erde, für all die unzählbaren Zwecke nutzbar macht, für welche menschlicher Erfindergeist bisher eine Leitungsstrecke benötigte. Ein weitreichendes Ergebnis hiervon ist, dass ein Gerät, das über ein oder mehrere Kabel (was bei großen Entfernungen eingeschränkt ist) betrieben wird, in gleicher Weise in Gang gesetzt werden kann, ohne künstliche Leiter und mit der gleichen Leichtigkeit und Genauigkeit und mit Entfernungen, für die es keine anderen Beschränkungen als die physischen Grenzen des Globus gibt. Somit werden durch diese ideale Methode der Übertagung nicht nur neue Felder für die kommerzielle Nutzung erschlossen, sondern die alten werden ungeheuer erweitert. Das „Welt-System" basiert auf der Anwendung folgender wichtigen Erfindungen und Entdeckungen:

1. Der „Tesla-Transformator": Dieser Apparat ist für die Erzeugung von elektrischen Schwingungen genauso revolutionär wie das Schießpulver für die Kriegsführung. Spannungen, um ein Mehrfaches größer als alle bisher auf konventionellen Wegen erzeugten, und Funkenstrecken von mehr als 100 Fuß Länge sind durch den Erfinder mit einem Gerät dieser Art erzeugt worden.

2. Der „Funkverstärker". Das ist Teslas beste Erfindung, ein besonderer Umformer, der speziell für die Erregung der Erde entwickelt wurde. Sie hat für die Übertragung elektrischer Energie die gleiche Bedeutung wie das Teleskop für die astronomische Beobachtung. Durch die Nutzung dieses wun-

derbaren Gerätes hat er bereits elektrische Bewegungen von größerer Intensität als Blitze erzeugt und er schickte Strom, ausreichend zum Erleuchten von mehr als 200 Glühlampen, rund um den Erdball.

3. „Teslas drahtloses System“. Dieses System umfasst eine Reihe von Verbesserungen und ist der einzige bekannte Weg, elektrische Energie wirtschaftlich über größere Entfernungen ohne Leitungen zu übertragen. Sorgfältige Versuche und Messungen in der Hochleistungsversuchsstation in Colorado haben gezeigt, dass Energie jeder gewünschten Größe übertragen werden kann, falls erforderlich auch über den gesamten Erdball, unter Verlust von nur wenigen Prozenten.

4. Die „Kunst der Individualisierung“. Diese Erfindung Teslas verhält sich zu primitivem Tuning wie geschliffene Sprache zum Gestammel. Sie erlaubt die Übertragung von absolut geheimen Signalen und Botschaften, exklusiv in aktiver und passiver Form, d. h. störungsfrei und sicher. Jedes Signal besitzt eine individuelle und unverwechselbare Identität. Es gibt praktisch kein Limit für die Anzahl der Stationen oder Instrumente, die ohne gegenseitige Störung gleichzeitig betrieben werden können.

5. „Stationäre Erdwellen“: Diese wunderbare Entdeckung bedeutet, allgemeinverständlich erklärt, dass die Erde auf eine bestimmte elektrische Frequenzlage reagiert, ebenso wie eine Stimmgabel auf bestimmte Tonlagen. Diese besonderen elektrischen Schwingungen, welche eine kraftvolle Wirkung auf die Erde ausüben, führen zu unzähligen Nutzanwendungen von großer Bedeutung sowohl kommerziell als auch in vielerlei anderer Hinsicht.

Das erste Kraftwerk des „Welt-Systems“ kann in neun Monaten in Betrieb genommen werden. Mit diesem Kraftwerk ist es praktisch möglich, elektrische Aktivitäten von bis zu zehn Millionen PS zu erreichen und es ist ohne aufwendige Kosten für so viele technische Errungenschaften wie möglich konstruiert. Unter diesen seien die folgenden genannt:

1. Die Verbindung der existierenden Telegrafenämter weltweit.

2. Die Errichtung eines geheimen und sicheren Telegrafendienstes der Regierung.

3. Die Verbindung aller zur Zeit vorhandenen Telefonämter weltweit.

4. Die weltweite Verbreitung allgemeiner Nachrichten durch Telegraf und Telefon in Verbindung mit der Presse.

4. Der Aufbau eines solchen „Welt-Systems“ für geheimdienstliche Zwecke ausschließlich für private Nutzung.

5. Die Verbindung und der Betrieb aller Börsenticker weltweit.

6. Die Errichtung eines „Welt-Systems“ musikalischer Verbreitung, etc..

7. Die universelle Registrierung der Zeit mit preiswerten Uhren, welche sie mit astronomischer Genauigkeit anzeigen und keine Regulierung erfordern.

8. Die weltweite Verbreitung getippter oder handschriftlicher Zeichen, Briefe, Schecks, etc.

9. Die Errichtung eines universellen Marinesystems, das eine Navigation der Schiffe ohne Kompass ermöglicht, zur Bestimmung der genauen Position, Zeit und Geschwindigkeit, um Kollisionen und Katastrophen etc. zu vermeiden.

10. Die Einführung eines Systems des weltweiten Druckens an Land und zur See.

11. Die weltweite Reproduktion fotografischer Bilder und aller Art von Zeichnungen u. Dokumenten.

Ich habe auch vorgeschlagen, Vorführungen in der drahtlosen Energieübertragung in kleinerem Maßstab zu machen, jedoch in einer Größenordnung, die überzeugend wirken müsste. Darüber hinaus wies ich auf andere und bedeutsamere Anwendungen meiner Entdeckungen hin, die zu einem späteren Zeitpunkt bekannt gegeben werden.

Eine Anlage mit einem 187 Fuß hohen Turm und einem kugelförmigen Terminal von 68 Fuß Durchmesser wurde auf Long Island gebaut. Diese Abmessungen waren ausreichend für die Übertragung von praktisch jedweder Menge von Energie. Ursprünglich wurden nur 200 bis 300 kw erzeugt, aber es war beabsichtigt, später mehrere tausend PS einzusetzen. Der Transmitter sollte einen Wellenbereich mit einer speziellen Charakteristik ausgeben und ich hatte eine einzigartige Methode der Telefonkontrolle mit einer bestimmten Menge von Energie erdacht.

Der Turm wurde vor zwei Jahren zerstört, meine Projekte werden aber weiter entwickelt, und ein anderer verbesserter Turm wird gebaut werden. Bei dieser Gelegenheit möchte ich dem weit verbreiteten Bericht widersprechen, dass das Bauwerk von der Regierung abgebaut wurde, die infolge von Kriegsumständen Vorurteile in den Köpfen einiger Menschen erzeugt hat. Diese wissen vielleicht nicht, dass die Papiere, in denen mir vor 30 Jahren die zuteil gewordene Ehre der amerikanischen Staatsbürgerschaft dokumentiert wurde, immer in einem Safe aufbewahrt werden, während meine Orden, Diplome, Ränge, Goldmedaillen und andere Auszeichnungen in alten Truhen verstaut sind. Hätte dieser Bericht eine reale Grundlage, hätte man mir eine große Summe des Geldes erstattet, die ich in die Errichtung des Turmes investiert hatte. Es war im Gegenteil im Interesse der Regierung, den Turm zu erhalten, da er speziell die Ortung eines U-Bootes irgendwo auf der Welt ermöglicht hätte, um hier nur ein positives Ergebnis zu nennen. Mein Werk, meine Dienste und all meine Verbesserungen standen immer offiziellen Stellen zur Verfügung und seit dem Ausbruch des europäischen Konflikts habe ich meine Erfindungen bezüglich der Flugnavigation, der Schiffsantriebe und drahtlosen Übertragung stets dem Wohle des Landes geopfert. Diejenigen, die gut informiert sind, wissen, dass meine Ideen die amerikanische Industrie revolutioniert haben, und ich kenne keinen Erfinder, der in dieser Hinsicht bezüglich der Anwendung seiner Verbesserungen im Kriege so erfolgreich war wie ich. Ich habe bisher davon Abstand genommen, mich öffentlich darüber zu erklären, da es mir unangemessen erschien, persönliche Dinge in den Mittelpunkt zu stellen, während die Welt in tiefsten Problemen steckte.

Bezüglich verschiedener Gerüchte, die mich erreicht haben, möchte ich ferner darauf hinweisen, dass Mr. J. Pierpont Morgan an mir nicht in geschäftlicher Hinsicht interessiert war, sondern den selben großen Geist walten ließ, in dem er auch andere Pioniere unterstützt hat. Er hat sein generöses Verspre-

Teslas Wardencliff-Turm auf Long Island im Jahre 1904 (Fotograf unbek., wikipedia, gemeinfreies Bild).

chen buchstabengetreu ausgeführt und es wäre unvernünftig, von ihm Weiteres zu erwarten. Er betrachtete meine Arbeit mit größtem Respekt und gab mir jeden Beweis für sein völliges Vertrauen in meine Fähigkeit, das auszuführen, was ich mir zum Ziel gesetzt hatte. Ich bin nicht bereit, einigen Kleingeistern und Neidern die Befriedigung zuzugestehen, meine Bemühungen vereitelt zu haben. Diese Menschen sind für mich nichts weiter als Mikroben einer bösen Krankheit. Meine Projekte wurden durch Gesetzmäßigkeiten der Natur verzögert. Die Welt war darauf nicht vorbereitet. Sie waren ihrer Zeit weit voraus. Aber die gleichen Gesetze werden letztendlich obsiegen und daraus einen triumphalen Erfolg machen.

KAPITEL 6
Die hohe Kunst der Fernsteuerung

Kein Thema mit dem ich mich jemals beschäftigt habe, hat eine solche Konzentration des Gehirns erfordert und deren feinste Fasern so sehr angestrengt wie das System, das auf dem Funkverstärker aufbaut. Ich habe all meine Aufmerksamkeit und den Eifer der Jugend in die Entwicklung des rotierenden Stromfeldes gesteckt, aber jene frühen Arbeiten waren von einer anderen Qualität. Obwohl äußerst anstrengend, haben sie nicht diesen ermüdenden Scharfblick erfordert, den ich für die Bewältigung der vielen puzzlehaften Probleme der drahtlosen Übertragung benötigt habe. Trotz meiner extremen physischen Ausdauer in jener Zeit rebellierten die überbeanspruchten Nerven und ich erlitt einen vollkommenen Zusammenbruch, gerade als die Vollendung dieser schwierigen Aufgabe in Sichtweite war.

Zweifellos hätte ich später einen größeren Zoll bezahlen müssen und sehr wahrscheinlich wäre meine Laufbahn vorzeitig beendet gewesen, hätte die Natur mich nicht mit einem Sicherheitssystem ausgestattet, das mit fortschreitenden Jahren immer besser zu werden schien und unweigerlich ins Spiel kommt, wenn meine Kräfte am Ende sind. Solange es funktioniert, bin ich vor der Gefahr der Überarbeitung geschützt, die andere Erfinder bedroht, und übrigens brauche ich keinen Urlaub, der für die meisten Leute unerlässlich ist. Wenn ich vollkommen übermüdet bin, mache ich es so wie die dunkelhäutigen Menschen, die in natürlicher Weise in den Schlaf fallen, während die Weißen sich Sorgen machen. Um eine Theorie außerhalb meines Wissensgebietes zu wagen, sammelt vielleicht der Körper nach und nach eine bestimmte Menge eines toxischen Stoffes und ich falle dann in einen fast lethargischen Zustand, der auf die Minute genau eine halbe Stunde anhält. Nach dem Aufwachen habe ich ein Empfinden, als habe sich das unmittelbar vorangegangene Geschehen vor langer, langer Zeit abgespielt, und wenn ich dann den unterbrochenen Gedankengang fortsetze, empfinde ich ein echtes mentales Unwohlsein. Ungewollt wende ich mich dann einer anderen Arbeit zu und bin überrascht über die gedankliche Frische und Leichtigkeit, mit der ich Hindernisse aus dem Weg räume, die mir lange auf der Seele lagen. Nach Wochen oder Monaten kehrt meine Leidenschaft für die vorübergehend zurückgestellte Erfindung wieder und ausnahmslos finde ich mühelos Antworten auf all meine quälenden Fragen.

In diesem Zusammenhang will ich von einer außergewöhnlichen Erfahrung berichten, die vielleicht für Studenten der Psychologie von Interesse sein könnte. Ich hatte ein verblüffendes Phänomen mit meinem geerdeten Transmitter erzeugt und bemühte mich, dessen wahre Bedeutung in Beziehung zu dem durch die Erde geleiteten Strom zu ergründen. Es schien ein hoffnungsloses Unterfangen zu sein. Ich arbeitete mehr als ein Jahr lang unablässlich daran, aber vergeblich. Dieses intensive Studium nahm mich so sehr gefangen, dass ich alles andere vergaß, sogar meine angeschlagene Gesundheit. Schließlich war ich kurz vor dem Zusammenbruch, als die Natur mich vor dem tödlichen Schlaf bewahrte. Als ich wieder zur Besinnung kam, stellte ich zu meiner Bestürzung fest, dass ich die Begebenheiten meines Lebens nicht mehr in meinem Gedächtnis hatte, außer denen aus meiner Kindheit, und zwar die ersten, die sich in meinem Bewusstsein eingegraben hatten. Erstaunlicherweise erschienen diese mit einer ungewöhnlichen Klarheit und gaben mir eine willkommene Erleichterung. Nacht für Nacht, wenn ich mich zur Ruhe begab, dachte ich an diese Bilder und mehr und mehr von meinem früheren Leben kehrte zurück. Das Bild meiner Mutter war am hervorstechendsten in einem Film, der langsam vor mir abrollte, und ein unstillbarer Wunsch, sie wiederzusehen, bemächtigte sich meiner allmählich. Dieses Gefühl wurde immer stärker und ich beschloss, all meine Arbeit stehen und liegen zu lassen und meine Sehnsucht zu befriedigen. - Jedoch fand ich es zu schwierig, von meinem Laboratorium wegzugehen, und es vergingen mehrere Monate bis es mir gelang, die Bilder meines früheren Lebens zurückzugewinnen, und zwar bis zum Frühjahr 1892. Im nächsten Bild, das aus dem Nebel der Vergessenheit wieder auftauchte, sah ich mich im „Hotel de la Paix" in Paris, als ich gerade aus einer meiner eigenartigen Schlafattacken auftauchte, die durch langanhaltende Überanstrengung des Gehirns hervorgerufen worden waren. Man stelle sich den Schmerz und die Niedergeschlagenheit vor, die mir durch den Kopf schossen, als mir gerade in dem Augenblick ein Telegramm ausgehändigt wurde mit der traurigen Nachricht, dass meine Mutter im Sterben liege. Ich erinnerte mich an die lange, beschwerliche Reise nach Hause, ohne eine Stunde der Rast, und wie sie nach

Wochen des Kampfes entschlief. Es war besonders bemerkenswert, dass ich während des gesamten Zeitraums der teilweise ausgelöschten Erinnerung voll empfänglich war für alles, was im Zusammenhang mit meiner Forschung stand. Ich konnte mich an kleinste Einzelheiten erinnern und an die unbedeutendsten Beobachtungen, konnte sogar seitenweise Texte und mathematische Formeln dahersagen.

Ich glaube fest an ein Gesetz der Kompensation. Die wirklichen Belohnungen sind immer proportional zu der Arbeit und den Opfern, die man erbracht hat. Dies ist einer der Gründe, warum ich sicher fühle, dass von all meinen Erfindungen der Funkverstärker sich für zukünftige Generationen als am wertvollsten erweisen wird. Ich fühle mich zu dieser Voraussage gedrängt, nicht so sehr durch die Überlegung, welche kommerzielle und industrielle Revolution sie sicherlich nach sich ziehen wird, sondern wegen der humanitären Folgen der vielen Errungenschaften, die sie wohl ermöglichen wird. Reine Nützlichkeitserwägungen wiegen den höheren Segen für die Zivilisation nicht auf. Wir sind hier mit gewaltigen Problemen konfrontiert, die nicht lediglich durch Vorsorge für unsere materielle Existenz gelöst werden können, wie groß sie auch immer sein mögen. Ganz im Gegenteil, der Fortschritt in dieser Richtung birgt Gefahren in sich, die nicht weniger bedrohlich sind als diejenigen, die durch Mangel und Leiden hervorgerufen werden. Wenn wir die Energie der Atome freisetzen oder andere Wege der Bereitstellung preisgünstiger unbegrenzter Energie an jedem Punkt der Erde entdecken, könnte die Erreichung dieses Zieles der Menschheit anstatt ein

Segen zu sein, Anlass zu Unfrieden und Anarchie werden mit dem letztendlichen Ergebnis, das an der Macht befindliche Regime vom Thron zu stürzen. Der größte gute Wille kommt von technischen Verbesserungen, die zu Vereinigung und Harmonie führen, und mein Funktransmitter kann das in hervorragender Weise bewirken. Mit seiner Hilfe wird die menschliche Stimme und dergleichen überall reproduziert werden können, werden Fabriken von Wasserfällen angetrieben, die Tausende von Meilen entfernt sind, Luftfahrzeuge werden nonstop rund um den Globus fliegen, Sonnenenergie wird gebändigt, um Seen und Flüssen als Antrieb zu nutzen, mit dem man unfruchtbare Wüsten in fruchtbares Land verwandelt. Seine Einführung für die Telegrafie und Telefonie und Ähnlichem wird automatisch Interferenzen verhindern, die der drahtlosen Technik heute enge Grenzen setzen.

Dies ist ein aktuelles Thema, zu dem einige Worte wohl nicht fehl am Platze wären. Während des vergangenen Jahrzehnts haben einige Leute arrogant behauptet, dass sie erfolgreich dieses Hindernis bei Seite legen konnten. Ich habe all die beschriebenen Anordnungen sorgfältig untersucht, die meisten davon getestet, lange bevor sie veröffentlicht wurden, aber diese Befunde waren durchweg negativ. Eine jüngste offizielle Stellungnahme der U. S. Navy könnte vielleicht einigen leicht zu betrügenden Nachrichtenredakteuren gezeigt haben, wie man derartige Ankündigungen im Hinblick auf ihre Bedeutung richtig einschätzen sollte. In der Regel basieren diese Versuche auf solch irrigen Theorien, dass ich, wenn immer sie mir zu Ohren kommen, leicht darüber hinweg gehen kann. Erst neulich wurde eine neue Entdeckung mit einem verteidigenden Trompetenstoß herausposaunt, aber sie entpuppte sich als ein erneuter Fall, in dem ein kreißender Berg eine Maus gebar.

Dies erinnert mich an einen aufregenden Vorfall, der sich vor einigen Jahren ereignete, als ich mich mit meinen Experimenten zum Hochfrequenzstrom beschäftigte. Steve Brodie war gerade erst von der „Brooklyn Bridge" gesprungen. Diese Tat hat seither durch Nachahmer an Glanz verloren, aber der erste Bericht elektrisierte New York. Ich konnte mich damals leicht beeindrucken lassen und sprach häufig von dem wagemutigen Drucker. An einem heißen Nachmittag empfand ich den Drang, mich erfrischen zu müssen und ging in eines der 30.000 Häuser dieser großen Stadt, wo ein köstliches zwölfprozentiges Getränk serviert wurde, das man heute nur bekommt, wenn man eine Reise in die armen und heruntergekommenen Länder Europas macht. Es waren zahlreiche, nicht übermäßig vornehme Gäste anwesend und es ergab sich eine Diskussion, zu der ich leichtfertig mit der Bemerkung beitrug: *„Das habe ich gesagt, als ich von der Brücke sprang."* Kaum hatte ich diese Worte ausgesprochen, als ich mich wie der Gefährte des Timotheus in dem Gedicht von Schiller fühlte. Augenblicklich gab es einen Tumult und ein Dutzend Stimmen schrien: *„Das ist Brodie!"* Ich warf eine Münze auf den Tresen und rannte zur Tür, aber die Menge war mir auf den Fersen mit Rufen: *„Halt, Steve!"*, was wohl missverstanden wurde, denn viele Personen versuchten mich aufzuhalten, als ich verzweifelt nach einer Zuflucht Ausschau hielt. Indem ich um Ecken sprintete, gelang es mir glücklicherweise, durch eine Feuertür mein Laboratorium zu erreichen. Ich entledigte mich schnell meines Mantels, verkleidete mich als schwer arbeitender Schmied und begann zu schmieden. Aber all diese Maßnahmen erwiesen sich als unnötig, ich hatte meine Verfolger abgeschüttelt. Noch Jahre danach, wenn meine Gedanken bei Nacht die unbedeutenden Probleme des Tages in Hirngespinste verwandelten, habe ich mich oft gefragt, während ich mich im Bett hin und her wälzte, was wohl mit mir passiert wäre, wenn der Mob mich erwischt und festgestellt hätte, dass ich nicht Steve Brodie war!

Nun, der Ingenieur, der kürzlich vor einer technischen Kommission einen Bericht über ein neues Mittel gegen statische Störungen aufgrund eines *„bisher unbekannten Naturgesetzes"* bekanntgab, scheint genauso unbekümmert wie ich gewesen zu sein, als er behauptete, dass diese Störungen sich auf und ab bewegen, während diejenigen des Transmitters sich horizontal entlang der Erde ausbreiten. Das würde bedeuten, dass ein Kondensator wie die Erde mit ihrer gasförmigen Hülle in einer Weise geladen und entladen werden kann, die im Gegensatz zu der Lehre steht, wie sie in jedem elementaren Lehrbuch der Physik zu finden ist. Solch eine Annahme wäre sogar zur Zeit Franklins als irrtümlich verurteilt worden, denn die darauf begründeten Fakten wären dann allgemein bekannt und die Identität zwischen atmosphärischer Elektrizität und der von Maschinen erzeugten generell etabliert. Offensichtlich verbreiten sich natürliche und künstliche Störungen durch die Erde und durch die Luft in genau der gleichen Weise und beide erzeugen elektromotive Kräfte sowohl in horizontaler als auch in senkrechter Richtung. Interferenzen können nicht durch die vorgeschlagenen Methoden beseitigt werden. Die Wahrheit ist: In der Luft steigt das Potential mit einer Rate von etwa 50 Volt per Fuß in der Höhe, infolgedessen kann da ein Druckunterschied von 20.000 oder sogar 40.000 Volt zwischen dem oberen und dem unteren Ende einer Antenne liegen. Die Massen der aufgeladenen Atmosphäre sind ständig in Bewegung und geben Elektrizität an den Leiter ab, nicht kontinuierlich, sondern unterbrochen, und erzeugen in einem empfindlichen Telefonempfänger ein knirschendes Geräusch. Je höher das Terminal und je mehr der Raum von Leitungen umgeben ist, desto stärker ist der Effekt, aber man muss dabei wissen, dass dies nur örtlich auftritt und wenig mit dem wirklichen Problem zu tun hat.

Als ich im Jahre 1900 mein drahtloses System perfektionierte, umfasste eine Geräteform vier Antennen. Diese waren sorgfältig auf die gleiche Frequenz kalibriert und zusammen auf das zu verstärkende Objekt so ausgerichtet, dass man aus jeder Richtung empfangen konnte. Wenn ich den Ursprung der übertragenen Impulse überprüfen wollte, wurde jedes diagonale Paar mit einer Primärspule, die den Detektorkreis versorgte, in Serie geschaltet. Im ersten Fall war der Ton im Telefon laut, im zweiten verstummte er, wie zu erwarten war, denn die beiden Antennen neutralisierten sich gegenseitig, aber die wirklichen statischen Störungen zeigten sich in beiden Fällen und ich musste spezielle Gegenmaßnahmen verschiedener Prinzipien einsetzen.

Durch den Einsatz von Empfängern, die an zwei Punkten geerdet waren, wie von mir vor langer Zeit vorgeschlagen wurde, ist diese durch die aufgeladene Luft verursachte Schwierigkeit in den heutzutage gebauten Strukturen behoben und darüber hinaus die Wahrscheinlichkeit aller Arten von Interferenzen halbiert, und zwar wegen der gerichteten Art des Schaltkreises. All dies ist selbstverständlich, kam aber bei einigen einfachgestrickten „Drahtlosleuten", deren Erfahrung auf Apparate beschränkt war, die mit einer Axt verbessert werden konnten, und die das Fell des Bären verteilt haben, bevor sie ihn töteten, als große Erleuchtung an. Wenn es jedoch stimmt, dass es atmosphärische Störungen waren, die Derartiges verursachten, wäre es ein Leichtes, sie durch das Weglassen der Antennen zu eliminieren. Übrigens sollte eine Erdleitung absolut immun sein gegen fremde Impulse, jedoch ist sie empfänglicher dafür als eine überirdisch vertikal verlegte Leitung. Fairerweise muss man feststellen, dass ein leichter Fortschritt erzielt worden ist, jedoch nicht aufgrund der Verwendung irgendeiner Methode oder eines Geräts. Es wurde einfach erreicht durch das Weglassen der enormen Geräte, die sehr schlecht für das Senden und total unpassend für das Empfangen sind, und das Ersetzen dieser durch neue, angemessene Empfänger. Wie ich schon in einem früheren Artikel dargelegt habe, muss man, um diese Schwierigkeit ein für alle Mal zu eliminieren, einen radikalen Systemwechsel vornehmen, je früher desto besser.

Es wäre in der Tat verheerend, wenn zu einem Zeitpunkt, wo die Technik noch in ihren Kinderschuhen steckt und die große Mehrheit, Experten nicht ausgenommen, noch kein endgültiges Konzept hat, gesetzliche Maßnahmen überstürzt auf den Weg gebracht würden, um dieses zu einem staatlichen Monopol zu machen. Dies wurde vor einigen Wochen durch Minister Daniels vorgeschlagen und zweifellos hat dieser ehrenwerte Offizielle dem Senat und dem Repräsentantenhaus seine Anträge mit aufrichtiger Überzeugung dargelegt. Aber es ist offenkundig, dass die besten Ergebnisse immer in gesundem, kommerziellem Wettstreit erzielt werden. Es gibt jedoch außergewöhnliche Gründe, warum die Drahtlostechnik ohne Behinderung entwickelt werden sollte. Sie bietet in herausragender Weise unermesslich größere Aussichten zur Verbesserung des menschlichen Lebens als irgendeine andere Erfindung in der Geschichte der Menschheit. Darüber hinaus muss man verstehen, dass diese wundervolle Technik in ganzem Umfang hier entwickelt wurde und mit größerer Überzeugung gerechter Weise „amerikanisch" genannt werden kann als das Telefon, die Glühlampe oder das Flugzeug. Eifrige Presseleute und Börsenjobber haben erfolgreich Falschinformationen in die Welt gestreut, so dass sogar die herausragende Monatszeitschrift „Scientific American" den Hauptanteil dem Ausland zuschreibt. Die Deutschen gaben uns natürlich die Hertz-Wellen und die russischen, englischen, französischen und italienischen Experten bemühten sich eilig, sie für Signalzwecke zu nutzen. Es war eine offensichtliche Anwendung der neuen Technik und wurde erreicht mit der alten, klassischen und unverbesserten Induktionsspule, also kaum mit etwas mehr als einer anderen Art der Heliografie. Der Radius der Ausbreitung war sehr beschränkt, die erreichten Ergebnisse hatten wenig Wert und die Hertz-Oszillationen als Mittel zum Transport von geheimdienstlichen Nachrichten hätte man vorteilhafter durch Schallwellen ersetzen können, was ich auch 1891 vorgeschlagen hatte. Darüber hinaus wurden all diese Versuche drei Jahre lang nach den grundlegenden Prinzipien der Funktechnik durchgeführt, so, wie sie heute angewendet werden und deren wichtigste Grundlagen eindeutig in Amerika beschrieben und entwickelt wurden. Keine Spur dieser Hertz-Anlagen und Methoden ist heute noch vorhanden. Wir sind in genau entgegengesetzter Richtung gegangen und was dabei herauskam, ist das Produkt der Gehirne und Bemühungen von Bürgern dieses Landes. Die grundlegenden Patente sind ausgelaufen und die Möglichkeiten stehen allen offen. Das Hauptargument des Ministers basiert auf Interferenz. Gemäß seiner Aussage, veröffentlicht im „New York Herald“ vom 29. Juli, können Signale einer starken Sendestation in jedem Dorf der Welt aufgefangen werden. Im Lichte dieser Tatsache, was auch in meinen Experimenten aus dem Jahre 1900 gezeigt wurde, würde es wenig Sinn machen, in den Vereinigten Staaten Restriktionen zu verhängen.

Um diesen Punkt näher zu beleuchten, will ich hier erwähnen, dass erst kürzlich ein ominös aussehender Gentleman an mich herantrat, um mich für den Bau von Weltsendern in einem fernen Land zu gewinnen. „*Wir haben kein Geld*“, sagte er, „*aber Wagenladungen von echtem Gold und wir werden Ihnen einen beträchtlichen Anteil davon geben.*“ Ich erzählte ihm, dass ich erst sehen möchte, was mit meinen

Erfindungen in Amerika geschehen wird, womit das Interview beendet war. Ich bin aber zufrieden, dass dunklen Kräften, die am Werke sind, mit fortschreitender Zeit die Aufrechterhaltung fortgesetzter Kommunikation immer schwerer gemacht wird. Die einzige Lösung ist ein System, das sicher gegen Abhören ist. Es ist perfektioniert worden, es existiert und es ist lediglich notwendig, es anzuwenden.

Der schreckliche Konflikt ist immer noch vorherrschend in den Köpfen und die größte Bedeutung, die dem Senderverstärker beigemessen wird, ist die als Mittel für den Angriff und zur Verteidigung, insbesondere im Hinblick auf die Fernsteuerung. Diese Erfindung ist eine logische Folge von Beobachtungen, die in meiner Kindheit begannen und mich mein ganzes Leben lang begleiteten. Als die ersten Ergebnisse veröffentlicht wurden, stellte der „Electrical Review" in einem Leitartikel fest, dass sie eine der „potentesten Faktoren für den Fortschritt und die Zivilisation der Menschheit" werden wird. Die Zeit ist nicht fern, dass diese Voraussage erfüllt sein wird. In den Jahren 1898 und 1900 wurde sie der Regierung angeboten und wäre wohl auch angenommen worden, wäre ich einer von denen gewesen, die zum Schafhirten Alexanders des Großen gehen, wenn sie vom Kaiser selbst eine Gnade erbitten wollen. Damals habe ich wirklich geglaubt, dass sie [die Fernsteuerung - Anm. d. Übers.] wegen ihrer unbegrenzten Zerstörungskraft die Kriege abschaffen würde. Aber obwohl der Glaube an ihre Fähigkeiten bei mir nicht verlorengegangen ist, haben sich seitdem meine Ansichten geändert. Kriege können solange nicht verhindert werden, bis die menschlichen Ursachen für ihre stetige Wiederkehr aufgehoben werden, und das ist letztendlich nicht möglich auf diesem Planeten, auf dem wir leben. Nur durch die Aufhebung der Bedeutung der Entfernung in jedweder Hinsicht, sei es für geheimdienstliche Tätigkeit, für den Einsatz von Personen oder für den Nachschub und die Bereitstellung von Energie, wird es eines Tages zu einem Zustand kommen, der permanente freundschaftliche Beziehungen sicherstellt. Was wir jetzt mehr denn je brauchen ist ein engerer Kontakt und ein besseres Verständnis zwischen den Einzelnen und zwischen Gemeinschaften auf der ganzen Welt, den Verzicht auf diese fanatische Hingabe an exaltierte Ideale von nationalem Egoismus und Stolz, die stets die Welt in die Barbarei und in Katastrophen führen. Keine Liga und kein parlamentarischer Gesetzesakt irgendwelcher Art wird jemals solche Irrtümer verhindern. Das sind wieder nur Mittel, die Armen der Gnade der Starken auszuliefern. Ich habe mich diesbezüglich vor 14 Jahren ausgedrückt, als von dem inzwischen verstorbenen Andrew Carnegie vorgeschlagen wurde, eine Vereinigung der führenden Regierungen zu bilden. Diesen Mann kann man zu Recht als Vater der Idee betrachten, denn er hat diesem Anliegen mehr Publizität und Anstoß verliehen als es irgendjemand sonst für alle Bemühungen des Präsidenten getan hat. Es kann nicht geleugnet werden, dass solch ein Pakt einigen der Unterprivilegierten gewisse materielle Vorteile gebracht hätte, er kann jedoch nicht den gesuchten Hauptzweck erzielen. Friede kann sich nur als natürliche Konsequenz weltweiter Einsicht und der Vermischung der Rassen einstellen, wovon wir aber noch meilenweit entfernt sind.

Betrachte ich mir heute die Welt im Lichte der gewaltigen Kämpfe, die wir erlebt haben, dann bin ich überzeugt, dass den Interessen der Humanität am besten gedient ist, wenn die Vereinigten Staaten fest zu ihren Traditionen stehen und sich aus „verwirrenden Allianzen" heraus halten. In seiner geografischen Lage, weit entfernt von den Regionen anstehender Konflikte, ohne Bestreben, sein Territorium vergrößern zu müssen, mit unerschöpflichen Ressourcen und einer gewaltigen Bevölkerung, die vom Geiste der Freiheit und des Rechts durchdrungen ist, befindet sich dieses Land in einer einzigartigen, privilegierten Lage. Es ist somit im Stande, unabhängig seine kolossale Macht und moralische Stärke zum Segen aller auszuüben, und zwar vernünftiger und effektiver als sie es als Mitglied einer Liga tun könnten.

In einer meinen persönlichen Aufzeichnungen, veröffentlicht im „Elecrical Experimenter", habe ich mich über die Umstände meines frühen Lebens ausgelassen und von den Beschwernissen erzählt, die mich zu ständiger Anwendung meiner Vorstellung und Selbstbeobachtung zwangen. Diese geistige Aktivität, erst unfreiwillig unter dem Druck von Krankheit und Leid, wurde mir allmählich zur zweiten Natur und ließ mich schließlich glauben, dass ich nur eine Maschine ohne freien Willen bezüglich des Denkens und des Handelns sei, die lediglich auf die Kräfte der Umwelt reagiert. Unsere Körper sind von solch komplexer Struktur, die Bewegungen, die wir ausführen so zahlreich und zielgerichtet, die äußeren Eindrücke unserer Sinne delikat und schwer erfassbar, dass es für einen Durchschnittsmenschen kaum zu begreifen ist. Und dennoch, nichts ist für einen ausgebildeten Forscher überzeugender als die mechanistische Theorie des Lebens, die schon zu einem gewissen Maße vor 300 Jahren von Descartes untersucht und verstanden wurde. Aber zu seiner Zeit waren viele wichtige Funktionen des Körpers noch unbekannt, insbesondere bezüglich der Natur des Lichts und des Aufbaus und der Funktion des Auges befanden sich die Philosophen noch immer im Dunkeln.

In den letzten Jahren ließ der Fortschritt der wissenschaftlichen Forschung auf diesen Feldern in Anbetracht der zahlreichen Veröffentlichungen keinen Raum für Zweifel. Einer der fähigsten und eloquentesten Exponenten ist vielleicht Felix Le Dantec, der frühere Mitarbeiter von Pasteur. Prof. Jacques Loeb hat bemerkenswerte Experimente mit dem Heliotropismus durchgeführt und klar die bestimmende Kraft des Lichts bei niederen Organismen nachgewiesen. Sein neuestes Buch „Erzwungene Bewegungen“ ist enthüllend. Während aber Männer der Wissenschaft einfach diese Theorie akzeptieren wie vieles andere, das anerkannt ist, enthält es für mich eine Wahrheit, die ich in jeder Stunde durch jede meiner Handlungen und Gedanken zum Ausdruck bringe. Das Bewusstsein des äußeren Eindrucks, der eine physische oder geistige Reaktion auslöst, ist bei mir stets vorhanden. Nur sehr selten, wenn ich in einem Zustand außergewöhnlicher Anspannung war, habe ich es als schwierig empfunden, den Ursprung der Impulse zu lokalisieren.

Die weitaus größte Anzahl der Menschen ist sich niemals bewusst, was um sie und in ihnen vorgeht. Gerade deshalb fallen sie einer Krankheit zum Opfer und sterben vorzeitig. - Die alltäglichsten Vorkommnisse erscheinen ihnen mysteriös und unerklärlich. Man fühlt manchmal eine plötzliche Anwandlung von Traurigkeit und zermartert sein Gehirn, um eine Erklärung hierfür zu finden, obwohl man hätte feststellen können, dass es nur eine Wolke war, welche die Sonnenstrahlen verdeckt hatte. Man sieht vielleicht das Bild eines lieben Freundes unter Umständen, die man als seltsam betrachtet, wenn man ihm kurz vorher auf der Straße begegnet ist oder sein Foto irgendwo gesehen hat. Verliert man einen Kragenknopf, ist man vielleicht mürrisch und flucht eine Stunde lang und ist nicht im Stande, seine vorausgegangenen Handlungen zurück zu verfolgen und den Ort des Verlusts aufzuspüren. Man sieht nur das Ereignis selbst. Fehlerhafte Beobachtung ist nur eine Form der Ignoranz und für die vielen vorherrschenden morbiden Anwandlungen und törichten Ideen verantwortlich. Es gibt nicht eine von zehn Personen, die nicht an Telepathie und andere okkulte Erscheinungen, an Spiritualismus und Kontaktaufnahme mit den Toten glaubt und die sich weigern würde, unabsichtlichen oder vorsätzlichen Betrügern in die Falle zu laufen.

Nur um zu illustrieren, wie tief verankert diese Tendenz sogar unter der klar denkenden amerikanischen Bevölkerung geworden ist, will ich hier von einem etwas lustigen Ereignis berichten.

Kurz vor dem Kriege, als das Erscheinen meiner Motoren in dieser Stadt viel Druckerschwärze in den Gazetten erzeugte, sagte ich voraus, dass es ein Gerangel zwischen den Herstellern geben würde, sich dieser Erfindung zu bemächtigen, und ich hatte ganz bestimmte Vorstellungen von diesem Mann aus Detroit, der die Fähigkeit besaß, Millionen zu scheffeln. Ich war mir so sicher, dass er eines Tages auftauchen würde, dass ich dieses meiner Sekretärin und meinen Mitarbeitern als eine Gewissheit erklärte. Und die Gewissheit wurde wahr. Eines schönen Morgens kreuzte eine Gruppe von Ingenieuren der „Ford Motor Company" auf mit dem Wunsch, mit mir ein wichtiges Projekt zu besprechen. „Hab ich es nicht gesagt?", bemerkte ich triumphierend zu meinen Mitarbeitern und einer von ihnen sagte: „Sie sind erstaunlich, Mr. Tesla, alles kommt so, wie sie es vorhersagen." Sobald sich diese Herren gesetzt hatten, begann ich sofort, die wundervollen Eigenschaften meines Motors herauszustellen, als deren Sprecher mich unterbrach und sagte: „Das wissen wir alles, aber wir sind hier in einer besonderen Mission. Wir haben eine psychologische Gesellschaft zur Untersuchung parapsychologischer Phänomene gegründet und wir bitten Sie, dieser Gesellschaft beizutreten." Ich glaube, diese Ingenieure haben niemals gewusst, wie nahe sie daran waren, aus meinem Büro geworfen zu werden.

Seit dem Zeitpunkt, als einige der größten Männer der Epoche, führende Leute der Wissenschaft, deren Namen unsterblich sind, mir sagten, dass ich ein ungewöhnliches Denkvermögen hätte, habe ich all meine Geisteskraft auf die Lösung großer Probleme gerichtet, unabhängig davon, welche Opfer es mir abverlangte. Viele Jahre lang bemühte ich mich um die Lösung des Rätsels des Todes und suchte eifrig nach jeder Art von spirituellen Anzeichen. Aber nur einmal im Laufe meiner Existenz hatte ich ein Erlebnis, das mich für kurze Augenblicke an Übersinnliches glauben ließ. Es war zur Zeit des Todes meiner Mutter. Ich war total erschöpft durch die lange Wache an ihrem Bett und wurde eines Nachts zu einem zwei Häuserblocks von unserem Haus entfernten Gebäude getragen. Als ich so hilflos dalag, dachte ich, dass, wenn meine Mutter jetzt stürbe, während ich von ihrem Bette entfernt war, sie mir sicherlich ein Zeichen geben würde. Zwei oder drei Monate vorher war ich in Begleitung meines vor kurzem verstorbenen Freundes Sir William Crookes in London gewesen, wo gerade Spiritualismus das Thema war, und mein Kopf war noch voll davon. Ich hätte nicht viel auf die Argumente anderer Männer gegeben, war aber empfänglich für die seinen, war es doch sein epochales Werk über die Strahlung, das mich zu meiner elektrotechnischen Laufbahn führte. Ich dachte mir, dass die Bedingungen für einen Blick ins Jenseits besonders günstig seien, denn meine Mutter war eine geniale Frau, die zudem mit einer besonders starken Intuition begabt war. Während der ganzen Nacht war jede Faser meines Gehirns erwartungsvoll angespannt, aber es passierte nichts, bis ich am Morgen in einen Schlaf oder vielleicht eine Ohnmacht fiel und eine Wolke sah, die engelartige Figuren von wunderbarer Schönheit trug, wovon eine mich liebevoll ansah und allmählich die Züge meiner Mutter annahm. Die Erscheinung schwebte durch den Raum und verschwand und ich wurde durch einen unbeschreiblich süßen Gesang von vielen Stimmen aufgeweckt. In dem Augenblick überkam mich eine Gewissheit, die durch keine Worte ausgedrückt werden kann, dass meine Mutter gerade gestorben war. Und das traf zu. Ich war nicht im Stande, den enormen Druck dieses schmerzlichen Wissens zu verstehen, das ich vorab erhalten hatte. Ich schrieb einen Brief an Sir William Crookes, während ich immer noch unter dem Einfluss dieser Eindrücke stand und in schlechter körperlichen Verfassung war. Nach meiner Genesung suchte ich lange nach einem äußeren Grund dieser sonderbaren Erscheinung und fand zu meiner großen Erleichterung nach monatelangem vergeblichen Suchen die Lösung. Ich hatte ein Gemälde eines berühmten Malers gesehen, das allegorisch eine der Jahreszeiten in Form einer Wolke darstellte, mit einer Gruppe von Engeln, die in der Luft zu schweben schienen, und dies hatte mich total ergriffen. Es war genau das Gleiche, was mir im Traum erschienen war, mit Ausnahme der Ähnlichkeit mit meiner Mutter. Die Musik war von einem Chor einer nahegelegenen Kirche im Rahmen der österlichen Morgenmesse gekommen, was alles zufriedenstellend in Übereinstimmung mit wissenschaftlichen Fakten erklärte.

Dieses ereignete sich vor langer Zeit und ich hatte seither nie den leisesten Grund, meine Ansichten über spirituelle und übersinnliche Phänomene, für die es absolut keine Grundlage gibt, zu ändern. Der Glaube daran ist der natürliche Auswuchs einer intellektuellen Entwicklung. Religiöse Dogmen werden nicht mehr in ihrer orthodoxen Bedeutung akzeptiert, aber jeder Einzelne klammert sich an den Glauben, an eine Übermacht irgendeiner Art. Wir brauchen alle ein Ideal, das unsere Verhalten steuert und unsere Zufriedenheit gewährleistet, doch es ist belanglos, ob es aus dem Bereich des Glaubens, der Kunst oder der Wissenschaft oder einem anderen Bereich stammt, solange es die Funktion einer nicht materiellen Macht erfüllt. Es ist wichtig für eine friedvolle Existenz der Menschheit als Ganzes, dass eine gemeinsame Idee vorherrscht.

Während ich bei der Suche nach Beweisen für die Behauptungen der Psychologen und Spiritisten kläglich gescheitert bin, habe ich zu meiner vollsten Zufriedenheit den Ablauf von Automatismen des Leben zugewandt, und das nicht nur durch ständige Beobachtung individueller Handlungen, sondern noch schlüssiger durch zulässige Verallgemeinerungen. Dies führte zu einer Entdeckung, die ich als einen der größten Momente der menschlichen Gesellschaft betrachte und den ich kurz beleuchten möchte. Ich bekam eine Ahnung von dieser erstaunlichen Wahrheit, als ich noch ein sehr junger Mann war, aber viele Jahre lang deutete ich das, was ich beobachtete, einfach als Zufälligkeiten. Nämlich, jedes Mal, wenn entweder ich oder eine mir nahe stehende Person oder eine Sache, die mir am Herzen lag, von anderen in einer bestimmten Art und Weise verletzt wurde, die, populär ausgedrückt, als höchst unfair bezeichnet werden kann, erfuhr ich einen undefinierbaren Schmerz, den ich in Ermangelung eines besseren Ausdrucks „kosmisch“ nennen möchte. Kurz darauf und unweigerlich erlitten diejenigen, die ihn verursacht hatten, großen Kummer. Nach vielen solcher Fälle vertraute ich die Sache einigen meiner Freunde an, welche Gelegenheit hatten, sich von der Wahrheit dieser Theorie zu überzeugen, die ich allmählich entwickelt hatte und die vielleicht in die folgenden Worte gefasst werden kann:

Unsere Körper sind von ähnlicher Bauart und alle denselben äußerlichen Einflüssen ausgesetzt. Das ergibt eine Gleichheit der Reaktionen und die Übereinstimmung der allgemeinen Handlungen, auf denen all unsere sozialen und anderen Regelungen und Gesetze gegründet sind. Wir sind Objekte, die vollkommen von den Mächten der Umwelt gesteuert werden, hin und her geworfen wie ein Korken im Wasser, und wir meinen fälschlicher Weise, dass diese Impulse unser freier Wille sind. Unsere Handlungen sind stets auf die Erhaltung des Lebens gerichtet, obwohl anscheinend ganz unabhängig voneinander, so sind wir doch durch unsichtbare Bänder verbunden. Solange der Organismus in perfektem Zustand ist, reagiert er exakt auf die Reize, die ihn erreichen, wenn aber ein Individuum eine Störung hat, so ist sein Selbsterhaltungstrieb geschwächt. Es versteht natürlich ein jeder, dass sich die Lebensqualität verringert, wenn man taub wird, das Augenlicht geschwächt ist oder die Gliedmaßen verletzt sind. Aber dies trifft auch zu, und vielleicht in noch stärkerem Maße, bei Hirnschäden, die dem Organismus die automatischen Abläufe nehmen und eine Person in die Zerstörung treiben. Ein sehr empfindsamer und aufmerksamer Mensch, dessen hoch entwickelte Mechanismen intakt sind, der präzise in Übereinstimmung auf die wechselnden Bedingungen der Umwelt reagiert, ist mit einem natürlichen mechanischen Sinn ausgestattet, der es ihm erlaubt, Gefahren zu entkommen, die zu subtil sind, um direkt wahrgenommen zu werden. Tritt er in Verbindung mit anderen, deren Kontrollorgane radikal fehlerhaft sind, schaltet sich dieser Sinn ein, und er empfindet „kosmischen" Schmerz. Die Richtigkeit hiervon ist in Hunderten von Fällen nachgewiesen und ich lade andere Studenten der Naturwissenschaften ein, diesem Umstand ihre Aufmerksamkeit zu schenken, weil ich der Meinung bin, dass gemeinsame und systematische Bemühungen unschätzbare Ergebnisse für die Welt erzielen können.

Die Idee zum Bau einer fernbedienten Maschine, um meine Theorie aufzuzeigen, kam mir schon frühzeitig, jedoch begann ich die Arbeiten daran erst im Jahre 1893, als ich die Versuche mit den Funkwellen begann. Während der folgenden zwei bis drei Jahre habe ich eine Reihe automatischer Geräte konstruiert, die aus der Ferne zu bedienen waren, und habe diese Besuchern in meinem Laboratorium vorgeführt. Im Jahre 1896 jedoch habe ich eine komplette Maschine konstruiert, die verschiedene Dinge ausführen konnte. Die Darstellung meiner Arbeiten verzögerte sich jedoch bis spät in das Jahr 1897. Diese Maschine wurde in meinem Artikel im „Century Magazine" vom Juni 1900 und in anderen Zeitschriften der Zeit illustriert und beschrieben und als sie erstmalig Anfang 1898 öffentlich gezeigt wurde, bewirkte sie eine derartige Sensation wie keine andere meiner Erfindungen jemals vorher. Im November 1898 erhielt ich ein Patent auf diese neue Technik, aber erst nachdem der Hauptprüfer aus New York gekommen war und die Vorführung gesehen hatte, denn was ich da beantragt hatte, schien unglaublich. Ich erinnere mich daran, dass, als ich später mit einem hohen Beamten in Washington Kontakt aufnahm mit dem Ansinnen, die Erfindung der Regierung anzubieten, er in ein Gelächter ausbrach, als ich ihm erzählte, was ich entwickelt hatte. Niemand glaubte damals, dass es die leiseste Aussicht gab, solch ein Gerät zu verbessern. Es war unglücklich, dass ich bei diesem Patent gemäß dem Anraten meiner Anwälte angegeben habe, dass die Kontrolle mittels eines einzelnen Stromkreises und einer allgemein bekannten Form des Detektors ausgeführt werde, da ich dafür bisher noch keine Absicherung beantragt hatte. Tatsächlich wurden meine Boote aber durch den gemeinsamen Einsatz mehrerer Stromkreise gesteuert und eine Störung jedweder Art war ausgeschlossen. Im Allgemeinen benutzte ich Empfängerkreise in Form von Antennen, einschließlich Kondensatoren, da die Entladungen meiner Hochspannungssender die Luft in der Halle ionisierten, so dass sogar eine sehr kleine Antenne für Stunden der umgebenden Atmosphäre Elektrizität entziehen würde. Um eine Vorstellung davon zu geben, stellte ich fest, dass ein stark evakuierter Kolben von 12 Zoll Durchmesser und mit einem einzigen Ausgang, an dem ein kurzer Draht befestigt war, über eintausend aufeinander folgende Blitze erzeugen würde, bis alle Ladung der Luft im Laboratorium neutralisiert war. Die Schleifenform war nicht so anfällig in Bezug auf solche Störungen und es ist bemerkenswert, dass man sie neuerdings gern verwendet. In der Tat nimmt sie viel weniger Energie auf als Antennen oder ein langer geerdeter Draht und sie hat nicht diese Reihe von

Defekten, wie sie den gegenwärtigen drahtlosen Geräten innewohnen. Bei der Vorführung meiner Erfindung vor Publikum wurden die Besucher gebeten, Fragen zu stellen, wie anspruchsvoll auch immer, und die Maschine würde sie durch Zeichen beantworten. Dies wurde seinerzeit als Zauberei angesehen, war jedoch in Wirklichkeit ganz simpel, denn ich war es, der die Antworten mit Hilfe des Gerätes gab.

Zur selben Zeit wurde ein weiteres größeres ferngesteuertes Boot gebaut, von dem ein Foto in der gegenwärtigen Ausgabe des „Electrical Experimenter" gezeigt wurde. Es wurde durch eine Schleifenantenne gesteuert, bei der sich mehrere Schleifen im Rumpf befanden. Sie waren vollkommen gekapselt, so dass sie sich auch unter Wasser befinden konnten. Der Apparat war ähnlich dem im ersten Boot, mit Ausnahme gewisser spezieller Besonderheiten, die ich hier einsetzte, wie zum Beispiel Glühlampen, die das richtige Funktionieren der Maschine sichtbar machten.

Diese automatischen Maschinen, die innerhalb der Sichtweite des Operateurs bedient wurden, waren jedoch erst ziemlich unfertige Schritte in der Entwicklung der Technik der Fernbedienung, wie ich sie erdacht hatte. Die nächste logische Verbesserung war die Anwendung dieser Technik über den Sichtbereich hinaus bis zu großen Entfernungen zu der Bedienungsstation und ich habe seither deren Anwendung in der Kriegstechnik anstelle von Gewehren propagiert. Die Bedeutung hiervon scheint jetzt anerkannt zu sein, wenn ich von gelegentlichen Ankündigungen in der Presse ausgehe, die als außerordentlich bezeichnet werden, jedoch absolut nichts Neues zu bieten haben. In einer noch unfertigen Art und Weise ist es praktisch mit der vorhandenen Funktechnik möglich, ein Flugzeug zu starten, es einen vorgegebenen Kurs fliegen zu lassen, um dann in einigen hundert Meilen Entfernung gewisse Aufgaben durchzuführen. Eine derartige Maschine kann auch auf verschiedene Arten mechanisch gesteuert werden und ich habe keinen Zweifel, dass sie auch für Kriegszwecke nützlich sein kann. Aber es existiert bis heute nach meinem jetzigen Wissen kein Instrumentarium, mit dem ein solches Ziel zu erreichen wäre. Ich habe viele Jahre in dieser Hinsicht geforscht und Möglichkeiten entwickelt, mit denen solche und noch größere Wunder leicht zu realisieren sind.

Wie ich bei einer früheren Gelegenheit ausgeführt habe, erdachte ich bereits als Collegestudent eine Flugmaschine, die ganz anders als die gegenwärtigen war. Das zugrunde liegende Prinzip war fundiert, konnte aber nicht praktisch umgesetzt werden, da es an einer genügend starken Antriebsquelle mangelte. In den letzten Jahren habe ich dieses Problem erfolgreich gelöst und plane jetzt Luftmaschinen ohne Auftriebsflächen, Flügel, Propeller und andere externe Anbauten, die im Stande sind, immense Geschwindigkeiten zu erreichen und sehr wahrscheinlich durchschlagende Argumente für einen Frieden in naher Zukunft liefern werden. Solch eine Maschine, die völlig von Reaktionskräften in der Luft gehalten und angetrieben wird, kann entweder durch mechanische oder funktechnische Energie gesteuert werden. Durch den Bau entsprechender Startrampen wird es praktisch möglich sein, ein derartiges Projektil abzuschießen und es an fast jedem vorgesehenen Punkt einschlagen oder landen zu lassen, auch wenn der Tausende von Meilen entfernt ist. Aber hier hören wir noch nicht auf. Es werden letztendlich Geräte gebaut, die quasi mit einer eigenen Intelligenz ausgestattet sind und deren Erscheinen eine Revolution auslösen wird. Schon im Jahre 1898 schlug ich Delegierten eines großen Produktionskonzerns den Bau und die öffentliche Vorführung eines autonomen Transporters vor, der, sich selbst überlassen, eine große Anzahl von Operationen durchführen könnte und sozusagen eine eigene Entscheidungsfähigkeit besitzen würde. Aber mein Vorschlag wurde zur damaligen Zeit als phantastisch abgetan, und die Sache verlief im Sande.

Zurzeit versuchen viele der fähigsten Köpfe, geeignete Mittel zur Verhinderung einer Wiederholung des schrecklichen Konfliktes zu erdenken, der nur theoretisch beendet ist und dessen Andauer und Ausgang ich in einem Artikel der „Sun“ vom 20. Dezember 1914 genau vorhergesagt habe. Die vorgeschlagene Liga ist nicht die Lösung, sondern ganz im Gegenteil könnte sie nach Meinung einer Reihe führender Leute genau entgegengesetzte Ergebnisse herbeiführen. Es ist besonders bedauernswert, dass man eine strafende Politik zur Regelung der Friedensbedingungen gewählt hat, denn in einigen Jahren wird es den Nationen möglich sein, ohne Armeen, Schiffe und Schusswaffen zu kämpfen, mit Waffen, die noch weitaus schrecklicher sind und für deren Zerstörungskraft und Reichweite es praktisch keine Grenzen mehr gibt. Eine Stadt, egal wie weit sie vom Feind entfernt ist, kann von ihm zerstört werden und keine Macht der Welt kann ihn daran hindern. Wenn wir solch eine mögliche Katastrophe verhindern wollen, welche die ganze Welt in ein Inferno stürzen könnte, dann sollten wir die Entwicklung von Flugmaschinen und Funkübertragung von Energien ohne Verzögerung und mit aller Macht und allen Resscurcen der Nation vorantreiben.